사랑해 수니야

서연비람은 조선 시대 왕궁 내, 강론의 자리였던 서연(書筵)에서 여러 경전의 요지를 모아 엮은 왕세자의 필독서(비람備覽)를 말합니다. 서연비람 출판사는 민주주의 국가의 주인인 시민들 역시 그처럼 지속 가능한 과거와 현재, 미래의 이치를 깨우치고 체현해야 한다는 믿음으로 엄선한 도서를 발간합니다.

서연비람 소설선 001

사랑해 수니야

초판 1쇄 2019년 11월 28일
지은이 김주성
편집주간 김종성
편집장 황미숙
책임편집 김연주

펴낸이 윤진성
펴낸곳 서연비람
제작인 이승욱 이대성
등록 2016년 6월 29일 제 2016-000147호
주소 서울시 강남구 도곡로 422, 5층
전화 02-563-5684
팩스 02-563-2148
전자주소 birambooks@daum.net

ⓒ 김주성 2019, Printed in Korea.

ISBN 979-11-89171-22-3 03810

값 13,000원

「이 도서의 국립중앙도서관 출판예정도서목록(CIP)은 서지정보유통지원시스템 홈페이지(http://seoji.nl.go.kr)와 국가자료공동목록시스템(http://www.nl.go.kr/kolisnet)에서 이용하실 수 있습니다.(CIP제어번호: CIP2019043638)」

사랑해 수니야

서연비람

차 례

1. 만남

한밤의 불청객

"앗! 이게 뭐야?"

사립짝문을 들어와 무심코 현관으로 향하던 나는 테라스의 자동 센서 등이 켜지는 순간 깜짝 놀라 그 자리에 서고 말았다. 뾰족한 주둥이에 커다란 두 귀가 쫑긋하고 동그란 눈망울이 영롱한.

마을 곳곳에 준동하는 고양이는 아니었다. 저번에 거실 앞 테라스 아래서 기어 나와 비척비척 산길 쪽으로 사라지던 늙은 너구리, 이웃들이 그 녀석은 죽었다고 하지 않았던가. 새벽에 마당에 잘못 들어와서는 어쩔 줄 모르고 경중경중 뛰던 새끼 고라니도 아니었다.

멈춘 걸음을 한 발 물리면서 눈을 크게 뜨고 다시 보니 영락없는 여우다. 털빛이 눈부시게 흰 눈여우. 그렇게 녀석은 그림같이 앉아서 나를 빤히 올려다보았다. 순간, 어릴 때 할머니가 들려주셨던 옛날얘기 속의 꼬리 아홉 달린 '백여시'가 떠오르면서 머리털이 쭈뼛 서는 느낌이었다.

하마터면 들고 있던 손가방을 놓칠 뻔했지만 다행히 녀석은 어떤 공격적인 자세나 경계의 몸짓을 취하지 않았다. 경계하기는커녕 나와 눈이 마주치자마자 그 커다란 귀를 한껏 뒤로 젖히면서 내 발끝에 코를 대며 납작 엎드리는 것이었다. 엎드린 목덜미의 긴 털 사이로 노란 바탕에 분홍색 강아지 발바닥 문양을 수놓은 목 띠가 보였다. 여우는 아니구나.

"너 왜 여기 이러고 있니?"

나는 안도하며 이렇게 중얼거렸다. 대문이 없는 마을이다 보니 근처 뉘 집 강아지가 호기심에 들어왔다가 미처 나가지 못하고 나와 마주친 것이려니. 하지만 뭔가 석연치 않았다. 이사 온 지 얼마 되지는 않았지만 윗집, 아랫집, 그 건너편 집들의 개들은 몇 번씩 봐서 다 알고 있었다. 늘 묶여 있는 그 개들 중 하나는 아니었고, 아래 동네에서 아침저녁으로 주인을 따라 산책하던 강아지들이라기엔 낯이 설었다.

이렇게 정말 여우처럼 생긴 개를 보기는 처음이었다. 그렇다면 어디 멀리 떨어진 다른 동네에서 왔나? 주인을 따라왔다가 길이 엇갈렸나? 나가려다가 나와 갑자기 마주쳐서 갈피를 잡지 못하는 건가?

"괜찮아. 돌아가도 돼."

나는 좁은 길에서 마주친 상대에게 길을 양보하듯이 옆으로 비켜서며 녀석에게 말했다. 바깥을 향해 그리 가라고 손짓하면서. 내 말을 알아들은 양 녀석은 천천히 일어나서 내가 가리킨 쪽으로 돌아섰다.

"어서 가. 집에서 기다리겠다."

이렇게 말하고 나는 현관 쪽으로 걸음을 뗐다. 하지만 녀석은 마지못해 몇 걸음 옮기는가 싶더니 다시 서 버렸다. 손사래를 치며 재촉했으나 녀석은 그 자리에 붙박여 움직이지를 않았다.

들어가 쉬고 싶은데 상황이 꼬이는 기분이었다. 꼬리를 축 늘어뜨린 채 난처한 듯 반쯤 뒤로 접은 두 귀를 쫑긋거리며 서 있는 뒷모습이 뭔가 사연이 있어 보였다. 그러거나 말거나 때 되면 알아서 가겠지.

찜찜한 기분이었지만 나는 모른 체하고 안으로 들어와 외출복을 벗었다. 그리고 욕실로 들어가려다가 짐짓 현관으로 발길을 돌렸다. 조마조마한 심정으로 문을 살며시 열었는데, 이 일을 어쩐다. 등 꺼진 컴컴한 테라스 한가운데에 녀석이 실루엣으로 우두커니 앉아 있었다.

"그래, 너무 늦었구나. 아마 네 주인도 오늘은 찾기를 포기했을 거다."

나는 천천히 문을 닫고 안으로 들어갔다. 하지만 방으로 들어가지 못하고 다시 문을 열었다. 5월이기는 해도 아직 새벽엔 쌀쌀했다. 실크 질감의 노란 목 띠도 마음에 걸렸다. 밖에 묶어 두고 키우는 강아지는 아닌 듯했다. 문이 다시 열리자 녀석은 내 마음을 읽기라도 한 듯이 문 쪽으로 쫄랑쫄랑 걸어왔다. 선뜻 들어서지 못하고 주뼛거리고 있는 녀석에게 들어오라고 손짓했다.

"오늘만이야, 들어와도 돼."

녀석은 내 손짓에 따라 조심스레 문지방을 넘어와서는 한쪽 구석에 얌전히 앉았다. 문은 열어 둔 채 방으로 들어왔는데 녀석이 염치없이 따라 들어오는 불상사는 벌어지지 않았다. 물을 마시려고 냉장고 문을 열면서 흘끗 돌아보니 녀석은 그대로 앉아 나의 일거수일투족을 빤히 지켜보고 있었다.

배가 고프겠구나. 불청객이긴 해도 내 집에 찾아온 손님이 아닌가. 아랫집 할머니 댁에서 개를 키우니 분명 사료가 있을 텐데. 시계를 보니 11시, 너무 늦은 시간이었다. 10시가 넘으면 잠자리에 드시는 것 같던데. 뭐 줄 것이 없나 하고 냉장고 안을 살펴보았다. 식이조절용 닭 가슴살 통조림 한 캔이 있었다. 이거라도 줘야겠구나.

체격을 어림하여 접시에 통조림 반쯤을 덜고 밥공기에 물도 따라서 녀석 쪽으로 다가갔다. 먹을 것을 보자 녀석은 꼬리를 좌우로 흔들며 반색했다.

"배가 고팠구나. 어서 이거라도 먹어라."

녀석은 단숨에 접시를 비우고는 반 공기나 되는 물도 바닥까지 핥아 마셨다. 그런 모습을 보고 있노라니 측은한 마음이 들었다. 녀석의 왼쪽 앞발 끄트머리에 번진 핏자국을 발견한 것은 그때였다.

"다쳤니?"

나는 녀석 앞에 쪼그려 앉아 그 가볍고 조그만 발을 잡았다. 녀석은 내 손에 촉촉한 코끝을 살짝 대면서 '아이, 괜찮아요.'라고나 하듯 잡힌 발을 빼려고 제 쪽으로 끌어당겼다.

"어디 봐. 피가 났잖아."

이럴 수가, 발톱 하나가 빠질 듯이 심하게 흔들거리는데 피와 진물이 주변 털에 엉겨 말라붙은 모양이 상처를 입은 지 꽤 돼 보였다.

그것만이 아니었다. 작은 생고무 공처럼 탱탱한 강아지의 발바닥, 그 부분이 이렇게 망가질 수 있다니. 너덜너덜 벗겨진 껍질 조각들은 딱딱하게 굳었고 그 틈새마다 빨간 속살이 드러나 있었다. 오른발도, 두 뒷발도 처참하기는 마찬가지였다. 어디를 얼마나 헤매고 다녔기에 이 지경이 됐단 말인가.

나는 담요 한 장을 꺼내와 거실 한편에 깔고 녀석을 안아다가 거기에 내려놓았다. 약상자에 있던 알코올 솜으로 네 발을 소독하고 상처 치료용 연고도 발라 주었다. 금방이라도 빠질 것 같은 발톱은 일회용 밴드를 반으로 갈라 싸맸다.

상처를 비집어 보고 소독을 하고 연고를 바르고 물에 적신 수건으로 발과 배 주위의 털에 찌든 먼지를 닦아 내는 내내, 녀석은 아무런 저항도 하지 않았다. 세상에 이런 강아지가 다 있나 싶을 정도로 녀석은 처음 만난 내 말귀를 척척 알아듣는 건 물론이요 만지고 안고 닦고 하는 내 손길을 오롯이 받아들이고 있었다. 그리고 녀석은 담요 위에 두 앞발을 모아 쭉 뻗은 뒤 거기에 턱을 받치고 엎드리더니 이내 잠이 들었다. 순진무구하기 짝이 없는 모습이었다.

녀석은 암컷이었다. 나는 녀석의 곁에 앉아 귀를 쫑긋 세운 채 태평하게 잠든 모습을 물끄러미 내려다봤다. 다시 봐도 영락없는 여운데, 무슨 종일까? 분명 조상이 여우든지 적어도 친척이 아닐까. 그것도 저 북극 지방에 사는 눈여우.

복슬복슬한 털은 형광등 조명 아래서 더욱 눈부시게 희었고, 약간

붉은 기가 도는 까만 코, 까만 입 언저리와 날씬하게 뻗어 내린 몇 가닥 수염, 세상의 모든 소리를 다 듣겠다는 듯이 커다란 귀, 귀와 귀 사이의 폭신하게 잘 쪄진 찐빵처럼 동그란 이마가 참 예쁜 강아지였다. 무엇보다 쌍꺼풀진 가지런한 위 속눈썹이 압권이었다. 예리한 칼로 비둘기의 깃털 한끝을 손톱만큼만 베어 내 숨죽여 다듬은 것 같은, 신의 섬세한 세공술에 감탄하지 않을 수 없었다.

　곤히 잠든 녀석은 잠버릇인 듯 혀를 약간 빼물고 있었다. 고 빨간 혀끝에 앞니 자국이 올록볼록 나 있었다. 손가락 끝으로 삐져나온 혀끝을 살짝 건드리자 녀석은 얼른 혀를 빨아들이고는 입맛을 한번 다셨다.

　"잘 자거라."
　나는 녀석이 깰세라 조심조심 일어나 샤워를 하고 잠자리에 들었다. 아닌 밤중에 홍두깨 같은 이 사건을 추슬러 볼 겨를도 없이 피로가 밀려왔다. 녀석의 천진난만한 단잠에 전염이라도 된 것일까. 그날 밤은 어느 날보다 길고도 깊은 잠에 빠져들었다.

오지 않는 사람

일어나자마자 체중계에 올라서려다가 문득 어젯밤 일이 생각나 침실 문을 열었다. 녀석은 벌써 일어나 담요 위에 동그마니 앉아 있었다. 귀를 쫑긋거리며 꼬리를 흔드는 모습이 '안녕히 주무셨어요?' 하는 것 같았다.

"잘 잤니? 이리 와 봐."

녀석은 기다렸다는 듯이 꼬리를 치며 쪼르르 달려왔다. 엊저녁과는 사뭇 달리 명랑한 모습이었다. 체중계에서 내려선 내가 '너도 한번 해 볼래?' 하면서 저울에 올라가라고 손짓했다. 하도 말귀를 잘 알아들어서 장난삼아 한번 시켜 본 건데 녀석은 정말 올라가는 게 아닌가.

가로로 긴 네 발 짐승의 체형 상 두 발은 저울에 걸치고 두 발은 그대로 바닥에 두는 어정쩡한 모양새를 상상했지만 놀랍게도 녀석은 요령 있게 몸을 움츠려 내 발바닥 두 개 넓이밖에 안 되는 저울 면에 네 발을 제대로 다 디뎠다. 게다가 살그머니 앉기까지 했다.

"너 이거 어떻게 알았니?"

감탄이 절로 나왔다. 주인이 훈련을 잘 시킨 모양이구나 하면서도 단번에 알아듣는 게 신기했다. 풍성한 털 때문에 그랬나, 5킬로그램

정도를 예상했던 녀석의 몸무게는 3.8킬로그램에 불과했다.

인터넷을 검색해 보니 녀석은 스피츠(재패니스 스피츠)와 포메라니안 사이에서 태어난 폼피츠라는 믹스 견이었다. 아니나 다를까 스피츠, 포메라니안 모두 시베리아에서 썰매를 끌거나 사냥을 거들던 사모예드의 후예였다. 그 조상의 외모 중에서 녀석은 여우를 닮은 특징을 내려받았고, 사람을 따르며 말귀를 잘 알아듣는 성격 또한 조상의 DNA를 착실히 이어받은 모양이었다.

나는 녀석의 사진 몇 장과 사건의 줄거리를 간추려 가족 단톡방에 올렸다. 실물이 사진보다 더 예쁘고, 말귀를 참 잘 알아듣고, 성품이 온순하다는 특징도 곁들여서.

녀석에게 어제 주고 남은 닭 가슴살 통조림과 물을 주고 나도 견과류와 요구르트, 두유에 삶은 달걀을 곁들인 아침을 먹고 있을 때 카톡 답신이 왔다.

'헐~ 웬 여우?' 딸애의 첫 반응이었다. 아내의 반응은 '이쁘긴 하네.'였다. 뒤이어 '어쩌려고?' 하는 아내의 날 선 질문이 뒤따랐고, 내가 무슨 답을 할 겨를도 없이 '설마 기르려는 건 아니지?' 하며 거부 의사를 드러냈다. 이어, '당신 몸 하나 건사하기도 힘들면서…… 쉬운 일 아니라는 거 똘방이 키워 봐서 알잖아. 건강 회복에만 집중해.' 하고 쐐기를 박았다. '이게 인연이라면……' 하는 허튼 생각을 거두고 '그러엄~, 주인 찾아 줘야지.' 하는 답을 달았다.

가족 간에 금기어처럼 돼 있는 '똘방이'까지 입에 올리면서 아내가 반대 의사를 분명히 한 건 내 건강 때문만은 아닐 것이다. 흰 비단결 같은 털을 가졌던 몰티즈 종 똘방이는 석 달 간의 심장 암 투병 끝에 열 살의 나이로 무지개다리를 건너갔다. 벌써 1년이 지났건만 다시는 강아지를 키우지 못하겠다면서 아내는 똘방이가 남긴 상처를 지우지 못했다.

이제 와 생각해 보면, 의도하지는 않았다 해도 아내의 상처 그 상당 부분은 내가 할퀸 것인지도 몰랐다. '당신 이건 좀 너무 한 거 아니야?' 홀로 계신 장모님 생신날을 지나쳐 버리기 일쑤였고, 결혼기념일이나 딸애의 중학교 졸업식 날에조차 나는 회사에서 밤을 새우고 있었다.

입사 동기들 중에서 제일 앞서 승진 가도를 달린 끝에 나는 월급쟁이의 꿈이라는 임원 발탁을 눈앞에 두고 있었다. 그 지독한 워커홀릭은 무엇을 위한 것이었던가. 나 개인의 야망 때문이었던가. '우리는 가족도 아니야!' 아내가 절규하듯 외치던 이 말이 기억의 갈피에서 쓸쓸히 솟아나 새삼 가슴을 에었다.

'내가 누구 때문에 이러는데. 나 혼자 잘 살자고 이러는 거야?' 하지만 결과적으로는 야망 때문이었고 나 잘나 보자고 그리 가족에게조차 냉정했던 게 아니었을까. 건강이 무너져 내릴 때 나를 지탱하던 자존감이 함께 무너져 버린 이제야 그 이기심의 경계가 보이는 것도 같았다.

함께 산책한 기억조차 손에 꼽을 정도인 나와 달리 똘방이는 항상 아내의 품안에 있었으니 애틋함으로 말하자면 나와 비교가 되지 않았다. '이 집에서 나는 강아지만도 못한 존재구나.' 나는 든든한 가장이 아니라 쫓아내지도 못하고 붙잡아 두자니 껄끄러운 객에 불과했다. '맞아, 당신은 똘방이만도 못해.' 아내의 이 말은 비수가 되어 내 가슴을 찔렀다. 나는 억울함을 삭이기 위해 더욱 일에 매달렸다.

　사춘기 딸애의 방황까지 겹치면서 아내에게 똘방이는 말벗이요, 자식이요, 남편이요, 의지할 전부였다. 똘방이가 첫 심장 발작을 일으켰던 아침, '얘 좀 어려워 보이는데.' 나는 대학동물병원 응급실로 가자는 아내에게 이 말을 남기고는 여느 날처럼 차를 몰고 회사로 향했다. 그때 나에겐 당연히 일이 우선이었다.

　이후 똘방이는 일주일 주기로 입원과 퇴원을 반복했다. 재차 발작을 일으키거나 전조 증상이 보이면 아내는 한밤이건 새벽이건 택시를 대절해 병원으로 달려갔다. 의료보험도 적용되지 않는 엄청난 병원비, 언제 끝날지 모르는 고통의 신음과 우울한 집안 분위기. '얘한테도 못할 짓 아니야? 의사가 안락사 얘기는 안 해?' 그 석 달 내내 나는 이 말을 뱉고 싶은 조바심과 가여운 마음 사이에서 갈등해야 했다.

　결국 똘방이는 병원 케이지 안에서 아내의 체취가 밴 스웨터에 엎드려 숨을 거뒀다. 그런 똘방이를 잃은 아내의 상실감 그리고 그 상실감 속에 복잡하게 얽힌 나에 대한 원망과 분노의 감정을 나는 아직도 다 헤아릴 수가 없다. 그때로 돌아갈 수만 있다면…….

이게 근본도 알 수 없는 이 녀석과의 인연을 섣불리 결정해서는 안 될 가장 큰 이유였다.

"이제 집에 가자."

제 발로 가면 좋고, 아니라도 찾아서 보내야지 하면서 현관문을 열었다. 내가 나가라고 손짓하자 녀석은 순순히 문지방을 넘어 밖으로 나갔다. 귀를 뒤로 접은 녀석의 등 뒤에서 문을 닫자니 왠지 인정머리 없는 게 아닌가 하는 생각이 들어 가능한 한 조용히 닫았다. 그리고 거실 커튼을 빼꼼히 걷고 녀석을 지켜봤다.

잠시 테라스 바닥에 앉았던 녀석이 일어나 뭔가를 살피듯 좌우를 두리번거렸다. 나는 녀석의 눈에 띄지 않으려고 슬쩍 뒤로 물러났다. 녀석이 걸음을 떼기 시작했다. 그래 어서 집으로 가거라. 하지만 녀석은 사립짝문 머리에서 걸음을 멈추었다. 녀석은 몸을 돌려 마당으로 들어오더니 잔디밭 여기저기에 코를 킁킁거리며 돌아다니다가 평상 위로 사뿐히 뛰어올랐다. 코를 대고 평상 여기저기를 훑어보던 녀석은 사립짝문 쪽을 향해 앉더니 마치 그쪽 먼 곳의 냄새를 더듬기라도 하듯 천천히 고개를 위아래로 주억거렸다.

잠시 후, '지금 나 보고 있죠?' 녀석이 고개를 돌려 거실 창 쪽을 뚫어지게 바라봤다. 나는 숨죽여 녀석의 다음 행동을 기다렸다. 어느

새 평상에서 뛰어내린 녀석이 재빨리 뒤란 쪽으로 뛰어갔다. 거기는 안에서 시선이 닿지 않는 곳이었다.

어제 뒤란 쪽에서 왔나? 거긴 돌 축대가 쌓여 밖으로 나갈 수 없는데. 내가 모르는 통로가 있었나? 보이지 않는 뒤란 쪽의 그림을 그려 보고 있는 사이 사라졌던 녀석이 다시 나타났다. 녀석은 그리로 갈 때와는 사뭇 다른 걸음으로 단숨에 마당을 가로질러 테라스로 돌아왔다. 그리고 익숙한 자세로 앉아 귀를 쫑긋 세운 채 밖을 내다봤다.

뒤란으로 가서 뭘 한 걸까? 견딜 수 없는 궁금증을 안고 나는 밖으로 나왔다. 마치 오래 전부터 나와 함께 살았던 것처럼 녀석은 꼬리를 흔들며 반겼다. 나는 모른 체하고 곧장 뒤란으로 향했다.

거기 시멘트 바닥 한 구석에 녀석이 누었음에 틀림없는 엄지만 한 똥 세 덩이와 오줌 흔적이 있었다. 용변 예절도 밝구나. 나는 또 한 번 감탄하며 현관으로 돌아왔다. 그런데, 녀석의 행동이 이상했다. 나를 보자마자 '잘못했어요.'라고나 하듯 바닥을 설설 기면서 곁눈질을 하는 게 아닌가. 조금 전까지 그 의연하던 모습은 어디로 간 것일까.

"왜 그래, 응가 참 잘했던데."

내가 쓰다듬으려고 이마에 손을 대자 녀석은 부들부들 떨기까지 했다.

"괜찮아, 괜찮아. 어디 아픈 거니?"

곁에 쪼그려 앉아 머리를 쓰다듬고 목덜미를 어루만져 주자 녀석은 비로소 진정하고 살며시 내 손을 핥았다. 아하, 용변 트라우마가 있는 모양이구나. 자라온 과정이 순탄치만은 않았던 것일까. 철모르는 강아지는 아닌데 몇 살이나 먹었을까. 나는 몇 번 더 녀석을 쓰다듬어 주고 안으로 들어왔다.

혹시나 하고 거실 구석구석을 살펴봤다. 어디에도 녀석의 용변 흔적은 없었다. 닭고기도 꽤 먹고 물을 많이 마셨는데 용케 참았구나. 녀석이 남긴 흔적은 따로 있었다. 엊저녁에는 갑작스럽고 피곤하기도 하여 몰랐는데 이렇게 털이 많이 빠질 줄이야. 깔아 준 담요에 녀석의 털이 수북했다. 더 살펴보니 주변 바닥에도 적잖은 털이 널려 있었다. 털이 많이 빠지는 종이구나. 아내가 질색하는 부분이었다. 녀석을 돌려보내야 할 이유가 하나 더 늘었다.

하루 일이 한창일 9시가 넘었는데 녀석을 찾으러 오는 사람은 없었다. 이 예쁘고 똑똑한 강아지의 주인이 엊저녁에 찾기를 미루었다면 날이 새자마자 녀석을 보호하고 있음직한 이 길 주변의 집들을 일일이 들러 봐야 하지 않겠는가. 녀석의 상처 난 발과 먼지투성이였던 몰골로 보아 여러 날 전에 잃어버린 건 아닐까. 그렇다면 그동안 녀석은 어디에서 어떻게 지냈던 것일까. 나는 옷을 차려 입고 밖으로 나왔다.

"집에 어떻게 가는지 모르는가 보구나. 내가 데려다줄게."

나는 사립짝문 머리 우편함 귀퉁이에 걸어 놓았던 강아지용 빨간 실크 목줄을 걷어 녀석의 목 띠 고리쇠에 걸어 봤다. 노란 목 띠와 빨간 목줄이 제 짝은 아닌 것 같은데도 걸쇠와 고리쇠는 맞춤인 듯 잘 들어맞았다.

이 목줄은 한 2주 전 쯤, 그러니까 뒷산으로 첫 산책을 나간 길에 숲길 입구 마른 벗나무 가지에 걸려 있던 것을 가져다 둔 것이었다. 누가 강아지와 산책 나왔다가 깜빡 잊고 갔나 보다 하고 지나쳤는데, 며칠째 그대로인 것을 보고 혹시나 강아지 주인이 볼 수 있을까 싶어 눈에 잘 띄는 우편함 귀퉁이에 걸어 두었던 것이다.

"가자."

상한 발인데도 불구하고 녀석은 신이 나서 깡충깡충 뛰었다. 목줄을 잡고 사립짝문을 나서자 녀석은 경쾌한 걸음으로 나와 보조를 맞췄다. 이장 댁은 마을 입구 한뼘다리 건너 첫 집이었다.

"안녕하세요, 이장님."

물 조루, 호미, 지주대, 노끈 등이 널려 있는 텃밭에서 무슨 모종인가를 심고 있던 이장이 나를 알아봤다.

"태양열 주택에 이사 오신 작가 선생님이시군요."

작가 선생이라, 며칠 전 집들이 파티에서 이웃들이 넘겨짚고 붙여 준 별칭이 어느새 마을에서 통하고 있는 모양이었다. 이럴 줄 알았다면 그날 인사치레로라도 이장을 초대할 걸 그랬다는 생각이 들었다. 뭐라 설명하기가 멋쩍어서 그냥 웃고 말았다.

"뭘 이렇게 정성 들여 심으세요?"

"오이예요. 강아지 기르시는지 몰랐습니다."

낮 안 가리고 살갑게 다가가는 녀석을 보면서 이장이 말했다.

"아, 실은 애 때문에 이장님을 뵈러 왔습니다."

지난밤에 일어났던 일에 대해 설명하고 어떻게 주인을 찾을 방도가 없을까 물었더니 이장은 녀석을 흘끗 돌아본 뒤 고개를 갸웃거렸다.

"처음 보는 강아진데…… 강아지 키우는 집이 어디 한두 집인가요. 요 아래 연립 단지는 들고나는 가구가 많아서 슬그머니 두고 가기도 하고, 다른 마을에서 갖다가 버리기도 하고……."

이장의 말은 뜻밖이었다. 그렇다면 녀석이 유기견일 수도 있다는 건가. 나는 난감한 심정으로 이장을 찾아온 구체적인 목적을 얘기했다.

"마을 방송 한번 해 주시면 안 될까요? 최근에 이사 온 집에서 기르는 강아지일 수도 있지 않습니까."

이장은 고개를 가로저었다.

"죄송합니다. 방송은 마을 공적인 일에만 사용하게 되어 있습니다. 개인사로 방송을 하게 되면 민원이 들어옵니다. 누구네 할머니 돌아가셨네, 누구네 아들 결혼한다네 하는 방송 요청이 줄을 이을 거고요."

"그렇군요. 제 생각이 짧았습니다."

"그냥 며칠 집에 둬 보세요. 나중에 찾으러 오는 수도 있으니까요."

그래야 될 것 같았다. 하지만 큰 기대는 안 되었다. 주인이 찾으려고 맘먹었으면 녀석의 발이 저리 상할 때까지 두지 않았을 테고 우리 집에 들어오는 일도 없었을 것이다. 돌아가기 전에 이장에게 한 가지 더 물어보았다.

"주인이 나타나지 않으면 어떻게 하지요?"

이장은 그걸 왜 자기에게 묻느냐는 듯이 피식 웃었다.

"그럼 댁에서 키우시지요 뭐. 참하고 예쁜데."

나도 피식 웃었다. 더 할 얘기가 없어 돌아서려는데 이장이 말했다.

"키우기 어려우시면 지구대에 가 보세요. 거기서 유기견 보호소를 연결해 줄 겁니다."

"마음 써 주셔서 고맙습니다, 이장님. 또 뵙겠습니다."

"별 도움이 안 돼서 미안하네요."

나는 녀석과 함께 터덜터덜 집으로 돌아왔다. 유기견이란 말이 자꾸 머릿속에서 맴돌았다. 목줄을 풀까 말까 망설이다가 풀어 주기로 했다. 그렇다고 녀석이 달아날 것으로는 보이지 않았다.

비록 마을 방송으로 녀석의 외모와 품종, 성품, 우리 집에 들어온 일시 등을 알리며 주인을 찾는다는 메시지를 전하지는 못했지만 이장 댁을 방문한 성과가 없는 것은 아니었다. 주민들이 들고나면서 강아지를 버리고 가기도 한다는 것, 심지어 다른 마을에서 여기에 갖다 버리기도 한다는 사실. TV 방송에서나 듣던 이런 서글픈 일이 내 주위에서 실제로 벌어지고 있다는 현실을 알게 되었으며 베일에 싸인 이 강아지의 정체도 어렴풋이나마 엿볼 수 있었다.

그리고 이장이 지구대와 유기견 보호소를 말해 준 것은 내가 건강을 회복하러 조용히 '요양차' 내려왔다는 이웃들의 얘기를 듣고 마지막 방법으로 제시한 배려일 거라는 생각이 들었다.

강아지 주인을 찾습니다

　이렇게 사랑스런 강아지를 어찌 버릴 수 있단 말인가. 나는 녀석이 유기견일 수도 있다는 가정을 믿고 싶지 않았다. 희망을 가지고 주인을 기다리기로 했다. 뒤늦게 찾으러 오기도 한다지 않는가. 나는 종이 박스를 오려서 '강아지 주인을 찾습니다.'라고 큼직하게 쓰고 그 아래 작은 글씨로 보호 일시, 품종, 성품 등을 기록해 오가는 사람들이 잘 볼 수 있도록 사립짝문 머리 우편함에 걸어 두었다.

　가까운 이웃들은 물론이고 강아지를 데리고 산책 나온 사람들은 이 알림 문구와 함께 평상 위나 마당 잔디밭 또는 현관 테라스에 '바로 저예요.' 하고 앉아 있는 그 주인공을 관심 어린 눈으로 살펴보고 갔다. 녀석도 주인을 기다리는 것인가, 녀석은 그렇게 앉아서 고개를 주억거리거나 귀를 쫑긋대며 지나가는 사람들을 유심히 지켜봤다.

　그러나 사흘이 지나도 주인이라면서 나서는 사람은 없었다. 이 강아지를 안다는 사람도 나타나지 않았다. 위아래 이웃들로부터 녀석에 대한 새로운 사실을 들을 수 있었던 게 수확이라면 수확일까.

　녀석이 이웃들의 관심을 끌기 시작한 것은 20일 쯤 전 그러니까 내가 이사 오기 닷새쯤 전이라는 것, 그 무렵 한 낯선 중년 여인이 윗집 해병대 아저씨 댁에 녀석을 데리고 와서 일 년만 맡아 달라고 청했으나 거절했다는 것, 그 며칠 뒤부터 녀석이 혼자 돌아다니는 게 가끔 보였다는 것, 때맞춰 그 중년 여인이 다시 와서 녀석을 잠깐 찾 았으나 만나지 못하고 상심해 돌아갔다는 것.

이웃들이 들려준 얘기의 조각들을 맞춰 보면 이러했다. 이웃들은 그 여인이 해병대 아저씨 댁에 맡기려고 했던 점을 들어 '버린 것'이 고, 그래서 고작 한 번만 잠깐 다녀간 것은 강아지를 찾겠다는 게 아 니라 혹시나 하고 살피러 온 데 지나지 않는다고 단정했다.

하지만 나는 녀석의 주인으로 짐작되는 그 중년 여인이 '상심해 돌 아갔다'는 대목에 마음이 쓰였다. 무슨 사연인지는 알 수 없으나 녀 석을 매정하게 버린 것으로는 믿기지 않았다.

이웃들의 냉정한 판단대로 단 한 번, 그것도 잠깐 지나가듯 들러서 물어만 보고 갔다지만 그래도 찾으러 오지 않았는가. 다시 올 수 없 었던 피치 못할 사정이 있었겠지. 처음에 녀석이 어디서 어떻게 그 여인과 헤어지게 되었는지, 그 후 대략 2주일로 추정되는 기간 동안 무얼 먹으며 어디를 어떻게 헤매고 다녔는지가 궁금했지만 풀리지 않는 수수께끼였다.

녀석의 주인이 언제 올지는 가늠할 수 없었다. 그래도 나는 '당분 간'이라는 전제를 떨치지 못한 채 읍내 애견용품 가게에 들러 약간의 사료와 간식, 샴푸, 솔, 배변 패드, 장난감용 딸랑이 공 등을 샀다. 녀석의 상처 난 발은 매일 소독을 하고 연고를 바르자 곧 나아졌다.

겨울 털이 아직 빠지는 중인지 솔에 털이 뭉텅이로 묻어났으나 아침저녁으로 빗기고 나면 집 안에 날리는 털이 한결 덜했다. 목욕도 시켰다. 헤어드라이어로 털을 말리고 난 후의 녀석은 꼭 안아 주지 않을 수 없을 만큼 정말 눈부셨다.

당분간이지만 이름도 지었다. 순이(順伊). 부르기 쉬우면서도 녀석의 성품에 잘 어울리는 이름이 뭘까 고민한 끝에 '착하고 순한 너'라는 뜻을 담아 이렇게 지은 것이었다.

"이제부터 너를 순이라고 부를게. 순이, 순이야!"

녀석은 고개를 갸웃거리며 초롱초롱한 눈망울로 나를 올려다보았다. 순이는 정말 착하고 말 잘 듣는 강아지였다. 오라면 오고 가라면 가고, 앉으라면 앉고 기다리라고 하면 언제까지고 그 자리에 앉아 있었다. 앉아 있는 게 지루하면 앙증맞은 앞발을 모아 쭉 뻗고 그 위에 턱을 받친 채 엎드리는 정도였다. '이거 가지고 놀아.' 하면서 딸랑이 공을 굴려 보고 던져도 봤지만 '그냥 얌전히 있을 게요.' 하며 관심을 보이지 않았다. 제 발로 들어온 자격지심에 주눅이 들어서인가. 놀아 달라고, 밥 달라고 보채는 법도 없고 짖지도 않았다.

내 마음을 아프게 한 한 가지는 녀석의 독특한 배변 습관이었다. '여기서 응가하고 쉬도 해.'라고 일러 주고는 몇 군데 배변 패드를 깔아 놓았지만 결벽증에 걸린 것처럼 실내에서는 결코 용변 보는 일이 없었다. 처음에 제가 정했던 뒤란의 그 자리에만 용변을 보는데 그것도 언제 봤는지 알 수 없을 만큼 은밀했다. 내가 눈치 못 채게 몰래 보는 모양이었다.

매일 가는 뒷산 산책에 따라와서도 응가나 쉬하는 모습을 좀체 볼 수 없었다. 젖 뗄 무렵 어미와 헤어져 누군가에게 입양됐고, 바로 그 시기에 배변 문제로 학대를 당한 것이 지울 수 없는 트라우마가 되었나.

딱 한 번, 산책길에 뒤로 쳐져 보이지 않기에 '순이야 어서 와야지.' 하면서 되돌아가 보니 급히 길가 숲에서 나오며 '나 아무것도 안 했어요.' 하듯 딴청을 부렸다. 무심코 그쪽을 살펴보니 응가를 했는데 벌써 녀석의 귀는 뒤로 접혔고 꼬리는 사린 채 고개를 모로 꼬며 내 발밑에 납작 엎드리는 것이었다.

"괜찮아. 순이 응가 참 잘했구나."

접때처럼 손으로 쓰다듬으려고 하자 배를 보이며 뒤집어지면서는 몸을 떨었다. '괜찮아, 괜찮아. 잘못한 게 아니야.' 나는 한동안 녀석을 품에 안고 진정시켰다. 그 후로는 절대로 녀석의 배변에 대해 관심을 보이지 않기로 했다.

닷새가 지나 내걸었던 알림판을 거둬들였다. 아내도 적잖이 신경이 쓰이는 모양이었다. 아침부터 카톡을 보내왔다.

"주인 아직 안 나타났어?"

"아직. 뒤늦게 찾아오는 수도 있대."

"유기견이라고. 왜 그걸 부정하려고 해? 걔 건강 상태도 모르잖아. 할 만큼 했으니까 이장님 말씀대로 보호소에 연락해 봐. 이쁘고 성품도 좋으니까 금방 입양될 거야."

마침 사료도 떨어져 가고, 특별한 일은 없지만 녀석에게 매여 일상이 꼬여 가는 느낌이기도 했다. 아내의 채근에 용기를 냈다.

"안 그래도 오늘 알아보려고."

내키지 않는 걸음으로 순이를 데리고 지구대를 찾았다. 자리를 지키고 있던 젊은 경찰이 '너 참 예쁘구나.' 하면서 친절히 맞아 주었다.

"무엇을 도와드릴까요?"

"저어, 얘가 주인을 잃은 모양인데요."

"유기견이군요. 누가 또 이렇게 이쁜 강아지를 버렸나 그래."

"유기견인지는 아직 모릅니다. 닷새밖에 지나지 않았거든요."

알 수 없는 미련이 그 닷새 말고도 20여 일이 앞에 더 있다는 이웃들의 증언을 보태지 못하게 했다. 혹 지구대에는 내가 모르는 방법이 있지 않을까 하고 기대했으나 경찰은 곧바로 기대를 무너뜨렸다.

"그러니까 유기견이에요. 잃어버린 거라면 이 손바닥만 한 동네에서 누가 닷새가 지나도록 찾지 않겠어요?"

이렇게 되받으며 경찰은 책상 서랍을 뒤지더니 전화번호들이 적힌 카드 한 장을 꺼내 들었다.

"여기로 연락해서 상담해 보세요. 보시다시피 저희 지구대는 협소해서 보호할 처지가 못 됩니다."

나는 가까운 곳, 그리고 좀 먼 데 있는 유기견 보호소 두 곳의 전화번호를 휴대폰에 입력하고 지구대 문을 나섰다. 제 운명이 어떻게 될지 모르는 순이는 그저 나와 함께 다니는 게 좋은지 연방 꼬리를 흔들었다. 조바심이 나서 집에 도착하기까지 기다릴 수 없었다. 나는 마을회관 옆 느티나무 아래 서서 가까운 곳의 유기견 보호소에 먼저 전화를 걸었다.

　내가 상황을 얘기하기 시작하자 앳된 음성의 여직원은 '아이구, 이를 어째.' 하면서 안타까워했다. 이에 힘을 얻어 나는 그동안에 벌어진 일들과 내 처지를 설명해 나갔다. 그러나 늘 되풀이되는 뻔한 사연을 다 듣지 않겠다는 듯 직원이 내 얘기를 잘랐다.

　"그 강아지를 여기 보내시겠다는 거죠?"

　그러면서 다루기 어려운 대형견이 아닌 이상 자신들이 출동하기는 어렵다고 했다. 대충은 들어서 알고 있었지만 막상 내가 당한 일이라 확인 차 물어보았다.

　"보호소에서 접수한 후에는 어떻게 되나요?"

　직원은 매뉴얼을 읽듯이 또박또박 이어 나갔다. 보호소는 이런저런 사연으로 입소한 유기견들로 만원이라는 것, 열흘 정도만 보호하고 그 사이 주인이 나타나지 않거나 입양을 원하는 사람이 나타나 데려가지 않으면 규정대로 처리한다는 것, 단 미리 연락을 할 경우 며칠 더 보호할 수도 있다는 것. 대충 이런 얘기였다.

　"그러니까, 열흘 후에는 안락사를 시킨다는 말씀이죠?"

"소량의 약물로 고통 없이 보내는 거예요."

나는 거의 똑같은 대답을 들을 게 뻔했지만 기계적으로 먼 데 있는 또 한곳의 보호소 전화번호를 휴대폰 창에 띄웠다. 그때 '아, 내가 왜 그걸 잊고 있었지?' 하는 생각이 번쩍 들었다. 주소록 창에 스쳐가는 친구 민규의 이름과 함께 그가 유기견들의 천사라고 자랑하던 그의 누나가 떠올랐던 것이다.

시골에서 초등학교 교사로 재직했던 그녀는 처음에 나처럼 제 발로 들어온 유기견 한 마리를 거둔 것을 시작으로 주위에서 버려진 개들을 데려다 돌보기 시작했다. 나중에는 유기견 보호소에서 안락사 직전의 어린 강아지를 골라 데려오기도 했다. 2년 전 20여 마리를 돌보고 있다고 했는데 지금은 유기견의 천사가 아니라 내 구원의 천사로 다가왔다.

민규는 오랜 만의 통화에 적잖이 반가워했다. 그동안 내 신상에 일어난 얘기를 듣더니 진정 어린 위로와 함께 조만간 한번 놀러 오겠다는 약속도 했다. 그리고 '다행이다. 우리 누나가 있어서.'라면서 순이에 대한 부탁까지 흔쾌히 들어주었다. 막혔던 물꼬가 확 트이는 기분이었다.

"순이야, 됐어. 거기서 기다리는 거야. 나중에 네 엄마가 오면 내가 같이 데리러 가면 되잖아."

쫑긋한 귀를 더 바짝 세우고 고개를 갸웃거리는 순이에게 이렇게 말했다. 우리는 가벼운 걸음으로 집으로 돌아왔다.

나를 보내지 말아 주세요!

민규 누나가 운영한다는 '천사들의 쉼터'는 여기서 멀지 않았다. 아내 말대로 '더 정들기 전에 보내는 게 맞아.' 나는 스스로 이렇게 위로하며 쇼핑백에 남은 사료와 배변 패드, 샴푸, 목줄, 솔, 거의 쓸모없었던 딸랑이 공 등을 챙겼다. 목줄과 바닥을 보인 사료 봉지를 제외하고는 모두 새것이나 다름없는 것들이었다. 가는 길에 애견숍에 들러 인사치레로 드릴 사료 몇 포대와 간식 등을 사기로 했다. 우리가 처음 만난 일시를 기록한 이름표도 달아 주리라 마음먹었다.

갈 준비를 마치고 돌아보니 순이는 처음 내가 안아다 뉘었던 그 자리에 동그마니 앉아서 내 일거수일투족을 지켜보고 있었다. 마치 '지금 뭐 하시는지 다 알아요.'라는 표정이었다.

"순이야, 가자. 차타고 좋은 데 가는 거야."

그러나 순이는 귀만 쫑긋거릴 뿐 붙박인 듯 그 자리에서 일어나지 않았다.

"여기서는 안 돼. 친구들도 많고 더 잘 보살펴 줄 좋은 집이 있어. 그리로 데려다줄게."

나는 이렇게 중얼거리며 어서 이리 오라고 두어 번 더 손짓했다. 그제야 녀석은 마지못해 천천히 내 쪽으로 걸어왔다. 귀는 뒤로 접은 채였다. 나는 한 손에 쇼핑백을 들고 녀석을 안으려고 옆구리 아래로 한 손을 뻗었다. 그런데 웬일인가. 녀석은 미끄러지듯 내 손길을 벗어나서는 한 걸음 물러나 앉는 게 아닌가. 한 번도 내 손길을 거부한 적이 없었는데. 녀석은 그렇게 거리를 두고 나를 물끄러미 올려다보았다.

녀석은 지금 일어나고 있는 상황을 분명히 읽고 있는 듯했다. 난처한 '밀당'이 시작되었다. 정색을 하고 '너 지금 뭐하는 거니?' 하는 눈으로 꾸짖자 녀석은 슬그머니 창 쪽으로 고개를 돌렸다. 나는 눈을 찔끔 감고 다시 안으려고 다가섰다. 내가 손을 뻗자 녀석도 사뿐히 일어나 다시금 내 손길을 벗어났다. 어허, 이를 어쩐다. 나는 하릴없는 헛손질을 거두면서 난감한 심정으로 엉거주춤 서 있을 수밖에 없었다.

녀석의 눈에도 그런 내가 안돼 보인 것일까. 잠시 후 녀석이 살며시 내 발 쪽으로 다가섰다. 그러고는 내 다리에 제 옆구리를 살짝 비비면서 빙그르르 한 바퀴를 돌았다. '지금 무슨 일이 일어났지?' 할 정도로 1초도 안 되는 짧은 순간, 발레리나의 회전 동작처럼 유연하고도 우아한 몸짓이었다. 지금껏 한 번도 보여 주지 않았던 그 낯선 몸짓에 뭔가 절박한 뜻이 담겨 있는 듯했다.

너에게 이런 재주가 있는 줄 몰랐구나. 놀이라고는 아무것도 할 줄 모르고, 아무 특기도 없이 그저 착하기만 한 줄 알았는데 이런 신통한 몸짓을 할 줄 알다니. 놀란 눈으로 우두커니 서서 내려다보자 녀석은 '이렇게 하는 거예요.' 다시 한번 그 몸짓으로 빙그르르 돌아서는 오도카니 나앉아 빤히 올려다보았다.

하도 신기해서 나는 허리를 숙이고 좀 더 가까이 녀석에게 다가갔다. 그런데, 나란히 모아 세운 앞발과 까만 코, 동그란 이마, 쫑긋한 귀, 잔뜩 긴장한 몸 전체가 갑자기 전기에 감전된 듯 바르르 떨리기 시작했다. 그리고 두 귀가 스르르 접히면서 내 발밑에 엎드리는 녀석의 초롱초롱한 눈망울에 가득 어린 물기를 나는 보았다.

"아~"

나는 뭉클한 무엇이 가슴을 치고 재빨리 코끝으로 밀려 오르는 것을 느꼈다. '나를 보내지 말아 주세요!' 녀석은 온몸으로 호소하고 있었다.

나는 쇼핑백을 내려놓고 천천히 녀석 앞에 무릎을 꿇었다.

"이리 와, 순이야."

내가 팔을 벌리자 녀석은 두 앞발을 토닥토닥 맹렬히 구르기 시작했고 '끼이잉' 하는 신음과 함께 번개처럼 내 품으로 뛰어들었다. 그때 내 품에 안긴 것은 3.8킬로그램밖에 되지 않는 조그만 털 뭉치 강아지가 아니라 지상의 어떤 저울로도 달아 낼 수 없는 무게로 나를 휘어 감는 거대한 감동의 덩어리였다. 부드러운 감촉과 따끈한 체온, 격렬하게 파닥거리는 심장의 고동이 내 가슴 가득 물결쳤다. 나는 내 얼굴을 사정없이 핥아 대는 녀석의 귀에 대고 목 메인 소리로 이렇게 중얼거렸다.

"그래, 여기서 우리 함께 사는 거야. 네 아빠가 되어 줄게."

2. 우연은 필연의 씨앗

안골 마을의 봄

　모든 필연은 우연에서 시작된다. 순이는 예기치 못한 순간에 불현듯 나타나, 이미 방향을 정해 나아가는 내 길 위에 슬며시 끼어들었다. 동행은 목적지에 이르는 여정을 빛나게 할 수도, 자칫 샛길로 빠뜨려 목적지를 잃게 할 수도 있다. 그런데 나는 그 동행을 피할 수 없었다.

　겨우내 능선에 쌓인 눈과 골짜기에 얼어붙은 얼음이 녹아 들녘을 깨우는 첫 시냇물을 이룬다. 이 필연의 씨앗을 만나기 위해 지난겨울부터 나는 그토록 분주했나 보다.

　설을 지내고부터 이사할 계획을 세우고 새집을 찾는 일은 쉽지 않았다. 아내와 함께 의왕, 용인, 초월, 곤지암, 퇴계원 일대 마을들을 주말마다 발이 닳도록 헤매었다. 서울에서 그리 멀지 않으면서 잔디가 깔린 마당이 있고, 조그만 텃밭까지 가꿀 수 있다면. 막연하나마 이것이 우리가 꿈꾸는 집이었다.

　하지만 그 많은 마을, 그 숱한 집들 중에서 기대에 들어맞는 집은 쉬 나타나지 않았다. 마을이 너무 번잡하거나 집이 너무 궁궐같이 크거나 또는 너무 낡아서 망설여야 했고, 혹은 임대료가 너무 비싸거나 너무 외져서 돌아서야 했다.

그러기를 두 달여, 4월로 접어든 어느 날 마침내 이곳 곤지암읍 근처 안골 마을에서 마음에 드는 집을 찾아냈다. 안골 마을은 성남에서 광주로 넘어온 다음 초월읍을 지나고 곤지암 읍내를 가로지른 뒤 내처 이천으로 향하는 경충대로 인근에 자리해 있었다.

마을 초입에 네댓 또는 여남은 동씩 단지를 이룬 3~4층짜리 연립주택들을 지나 얼마간 더 들어가다 보면 앞뒤 산자락에 싸여 새 둥지 모양의 작은 마을이 나타나는데 그곳이 안골이었다. 거기 10여 가구의 그야말로 그림 같은 전원주택들 중에 꿈에 그리던 우리 집이 기다리고 있었던 것이다.

20년이 넘었다지만 주인이 살려고 정성 들여 지었다는 단층의 붉은 벽돌집은 아담했다. 거실은 천정이 높고 창은 확 트여서 마을 전경과 멀리 앞산 풍경이 시원하게 들어왔다. 현관과 마당 쪽 창밖을 두른 널찍한 테라스는 궁륭의 연녹색 캐노피가 덮고 있어 햇볕을 조절하고 눈비를 가리기에 흡족해 보였다.

잔디 깔린 마당은 한 가족이 텐트를 치고 캠핑하기에 넉넉할 만한 넓이였으며 마당 둘레에는 조각조각 텃밭까지 꾸며져 있었다. 매화, 앵두나무 사이에 얼크러진 다래 넝쿨 아래에는 낡았지만 평상도 하나 놓여 있었다. 개나리, 이팝나무 꽃은 이미 피었고 철쭉과 영산홍 무리들이 머잖아 울안을 화사하게 수놓을 채비를 하고 있었다.

아내의 말대로라면 나는 중환자였다. '일단 스트레스 받는 일은 모두 정리하시고 공기 좋은 데 가서 한 3년 자연인으로 사세요.' 의사의 이 담담한 권고를 아내는 중환의 선고로 받아들였다.

　새해 첫 프로젝트 기획을 마무리하던 날 새벽, 벌써 사흘째 이어지는 철야 작업이라 팀원들은 일찍 퇴근시키고 혼자서 보고서를 최종 검토하던 중이었다. 엉덩이 아래로 물컹하는 뭔가가 쏟아지는 느낌이 들었다. 놀라 손을 넣어 보았다. 검붉은 핏덩이였다. 병원에 가 봐야지, 가 봐야지 하면서도 짬을 내지 못해 진통제로 버티던 중이었다.

　별 통증은 없었지만 그 기습적인 하혈에 당황할 수밖에 없었다. 자리에서 일어서자 또 한차례 뜨끈한 액체가 바지 속에서 뒤쪽 허벅지를 타고 주르륵 흘러내렸다. 얼른 일어나서 다행히 의자가 피 칠갑이 되지는 않았다. 티슈로 대강 수습한 뒤 아내에게 전화를 걸었다. '응, 별일 아니야. 갈아입을 속옷하고 바지도 하나 가져와.' 나는 최대한 침착하려고 애썼다.

　상태를 보자 얼굴이 흙빛이 된 아내는 앰뷸런스를 부를까 119를 부를까 하면서 허둥댔다. '당장 죽는 거 아니니까 진정해. 당신이 운전하는 게 더 빨라.' 응급실에 도착하기까지 내 몸의 상태보다 말끔하게 끝내지 못한 보고서가 내내 마음에 걸렸다. 의식이 멀쩡하고 엉거주춤하나마 스스로 걸을 수 있어서 아내가 요구한 중환자실로 가지는 않았다.

　이후 일주일 동안 이어진 여러 검사 끝에 병원에서 내놓은 결과는 심각했다. 부어오른 치핵이 더 견디지 못하고 터졌다는 거다. 대장 안에서 다섯 개의 양성 용종을 떼어 낸 것을 제외하고는 다행히 암의 징후는 아직 없다고 했다. 그러나 의사는 현재 같은 상황이 개선되지 않으면 암으로의 발전은 시간문제라는 경고를 덧붙였다.

좀 과로했을 뿐이니 며칠 쉬면 괜찮아질 거라는 내 설득은 먹히지 않았다. '일 중독, 일에 대한 관성에서 벗어나는 게 제일 급합니다. 환경부터 바꾸세요.' 그동안 수도 없는 프로젝트 데드라인들이 온몸 구석구석에 쏘아 온 스트레스라는 독을 더는 감당할 수 없는 지경으로 몰아넣은 모양이었다.

이미 간과 신장이 위협받고 있었으며, 성인병 3종 세트인 혈압, 콜레스테롤, 혈당 수치는 당장 치료에 들어가야 할 상태였다. 때때로 자판을 두드릴 수 없게 하는 손 저림과 진통제에 의존해야 했던 만성적인 어깨 통증은 목 디스크를 중심으로 한 근골격계 이상까지 동반하고 있었다.

쉰 고비에 이르기도 전에 이렇게 무너지는가. 그동안 가족들과 오붓한 시간 한번 제대로 갖지 못한 채 오로지 앞만 보고 달려온 결과가 이거란 말인가. 나는 상황을 쉬 받아들일 수 없었다. 하지만 의사는 찬찬히 설명을 이어갔고, 무슨 암 말기 같은 시한부 병은 아니래도 하던 일을 계속할 수 없는 상황임을 결국 인정해야만 했다.

이렇게 도시에서의 활동을 접고 시골 생활 준비를 마쳤다. 요즘 붐이 일고 있는 귀농 귀촌은 물론 아니요, '자연이 좋아, 전원에 한번 살아 보세!' 하는 낭만적인 새 출발은 더더욱 아니었다. 말하자면 '요양 차' 부득이한 전원생활이 시작된 것이었다.

거창하게 '가족해체'라고까지는 할 수 없어도 한동안 가족과 떨어져 살아야 하는 상황은 쓸쓸했다. 동사무소에 근무하는 아내는 올해 입시를 앞둔 딸애와 아파트 평수를 줄여 이사했다. 아내는 주말마다 내려와서 이것저것 챙기겠다고 했다.

이사 막바지에 아내는 막 잎눈이 터진 다래 넝쿨 아래 덩그러니 놓인 평상을 넉넉히 덮을 만치 커다란 초록색 파라솔을 주문해 설치했다. 내가 텃밭을 가꾸다가 쉴 그늘이 필요하겠다며 무리해서 장만한 것이었다.

"여기서 책 읽으면 참 좋겠다."

이곳이 우리의 별장이었으면 하고 꿈꾸는 것일까. 아내는 파라솔 그늘 아래 쪼그려 앉아 연두색 입김을 뿜어내는 앞산을 바라보며 이렇게 중얼거렸다. 나는 아내의 이 소박한 꿈이 이루어지도록 어서 건강을 회복해 '요양 차'라는 딱지를 떼어 버려야겠다고 속으로 다짐했다.

전원에 살어리랏다

　갑자기 환경이 바뀐 탓인가, 조용하고 공기 맑고 일에 대한 압박도 떨쳐 냈지만 새 집에서 홀로 맞는 밤은 그리 상쾌하지 않았다. 고질병처럼 몸에 배어 버린 불면증은 여전했고 전에 없던 가위눌림까지 가세했다. 할머니 옛날얘기 속에나 있었지 요즘 세상에 귀신이 어디 있는가.

　하지만 인터넷 검색을 하다가, 책을 뒤적이다가, 가까스로 잠이 들었나 싶으면, '너는 멀쩡한 가족들 두고 왜 여기 혼자 누워 있는 게냐?' 벽 속에선가 천장 안에서인가 강약도 리듬도 없이 울려 나오는 음울한 이 소리. '좋겠네. 거추장스런 가족들 떼어 놓고 혼자 호젓하게 살게 되었으니.' 왠지 낯설지 않은 이 느낌, '아니 너는 버림받은 거야. 자업자득이지.' 거기엔 어쩐지 아내의 음성이 실려 있는 것도 같았다. 그리고 코앞으로 덮쳐오는 희끄무레한 얼굴 윤곽 하나. '아니야. 버림받은 게 아니야! 운 나쁘게 길을 잃었을 뿐이라구!' 하지만 나의 이 절규는 가슴속에 돌처럼 딱딱하게 맺혀서 목구멍 밖으로 뱉어지지 않았다. 혼을 빨아들일 듯이 심연처럼 컴컴한 두 눈구멍. 잿빛으로 말라비틀어진 입술 사이로 새하얀 이빨을 드러내며 웃고 있는 그것이 귀신이 아니면 무엇이란 말인가.

소스라쳐 깨어 보면 거친 내 숨소리만 방 안에 가득하고 어느덧 창밖이 휘부윰 밝아오고 있었다.

그날 해질 무렵이었다. 거실 창밖 테라스 아래서 비 맞은 들개처럼 추레한 몰골의 낯선 짐승 한 마리가 슬금슬금 기어 나오는 게 보였다. 그 비현실적인 상황이 신기해서 숨죽이고 보니 너구리였다. 늙어서 그런지 다쳐서 그런지 거동이 굼뜨고 다리도 약간 절었다. 녀석은 거친 회갈색 털가죽을 부르르 턴 뒤 사립짝문을 나섰고, 이내 뒤도 돌아보지 않고 큰길을 가로질러 산 쪽 우거진 덤불 속으로 사라졌다.

나는 얼른 랜턴을 찾아 들고 밖으로 나갔다. 녀석이 기어 나온 테라스 아래를 비춰 보니 비닐조각, 마른 잎들과 풀 북데기, 털 뭉치들이 뒤섞인 옴팡한 공간이 보였다. 녀석의 보금자린가, 지난해 가을부터 빈 집이라고 했으니 그럴 만도 하다 싶었다. 갈퀴로 긁어낼까 하다가 못 본 체하기로 했다. 그러나 녀석의 모습을 다시는 볼 수 없었다. 새 주인이 들어왔으니 한동안 빌려 쓴 집을 미련 없이 비워 주고 떠난 모양이었다.

그 며칠 후 아침. 갑자기 창밖이 어수선하여 거실 커튼을 걷자 작은 짐승 한 마리가 마당에서 경중경중 뛰고 있었다. 등짝에 아직 꽃사슴 무늬도 벗어지지 않은 새끼 고라니였다. 어떻게 해서 사립짝문 안으로 들어오긴 했는데 사방이 집과 화단으로 막혀 있어 당황한 모양이었다. 바보같이 들어온 길을 찾지 못하고 마음만 급해 그리 나대고 있었던 것이다. 그렇게 몇 바퀴를 경중대던 녀석은 입구를 되찾고는 큰길로 쏜살같이 뛰어 달아났다. 마을 곳곳의 밭들마다 그물망을 쳐 놓은 이유를 알 것 같았다.

 마을 뒷산은 산책하기에 맞춤했다. 능선에 이르기까지 오르막은 가파르지 않았고 곳곳에 통나무나 돌로 쌓은 계단이 설치돼 걷기에 편했다. 꽤 숨이 차다 싶을 만큼 걸었을 때 처음 만난 작은 고개는 그 너머 쪽과 좌우 능선을 따라 길이 갈라지는 지점이었다. 거기 이정표가 서 있었다. 고개 너머로 곤지암도서관까지 520미터, 오른쪽 능선 아래 자리한 행복아파트 650미터, 왼쪽 능선을 타고 가면 만나는 사태봉산 정상 800미터, 내가 출발한 안골 마을까지는 530미터. 산책길은 사태봉산을 향해 있었다.

 한창 연둣빛 새 옷으로 갈아입는 숲속은 새소리 천지였다. 키 큰 소나무와 벚나무들이 점점이 박힌 것을 제외하면 숲의 대세는 참나무들이 차지하고 있었다. 지난 가을부터 떨어져 쌓인 낙엽 주위에 마른 도토리들이 흔한 걸 보면 이 숲에 사는 짐승들은 먹을거리가 넉넉한가 보았다.

 능선 오른쪽으로는 곤지암읍 시가지의 서쪽 끝자락과 고만고만한 공장들, 비닐하우스들이 어지럽게 뒤섞인 풍경이 펼쳐졌고 그 너머로 자동차들의 엔진 소리가 멀리서 들려오는 경충대로와 중부고속도로가 엇갈려 지나고 있었다. 내가 떠나온 도회지로 통하는 길들이었다. 왼쪽 숲 사이로 내려다보이는 안골 마을은 아늑했다. 언제까지일지는 몰라도 정 붙이고 살아야 할 새 보금자리였다.

사태봉산까지 가 보려고 했으나 평지 800미터와 산길 800미터는 달랐다. 걷기 편하다 해도 역시 산길이었다. 어림해 반은 넘었겠지 싶을 즈음 쉬어가기 좋은 공터가 나왔다. 사방 10미터 정도 되는 공터에는 누군가가 땀 흘려 져 날랐을 자갈이 뽀얗게 깔려 있었다. 한편에 둥근 탁자와 벤치 세트도 놓여 있고 철봉, 윗몸일으키기, 양팔줄 당기기, 등 지압기, 거꾸로 매달리기, 파도타기 등의 체력 단련 기구들이 설치돼 있었다.

마치 나의 힐링을 위해 마련된 공간 같았다. 나는 기구마다 몸을 맞추고 잠깐씩 가동해 보았다. 길은 능선을 따라 숲속으로 멀리 이어지고 있었으나 다음 날을 기약하고 오늘은 여기에서 멈추기로 했다. 무리하지 않고 오가기에 알맞은 거리였다.

나는 차츰 전원생활에 익숙해 갔다. 알람이 없이도 날 밝기 전에 잠에서 깨어나는 버릇은 여전했으나, 평상 밑에서 슬금슬금 기어 나온 바둑 고양이 한 마리가 기지개를 켜면서 마당을 가로지를 때 울안 꽃나무 사이를 오가며 수작을 부리느라 재재거리는 새소리가 반가워지기 시작했다. 나는 미지근한 물 한 잔을 따라 마신 뒤, 목장갑을

끼고 장화를 신고 이슬 머금은 마당으로 나섰다.

쥐똥나무 울타리로 가서 뒤숭숭하게 웃자란 가지들을 쳐내고 이리 저리 쓰러진 텃밭과 마당의 경계석을 바로 세웠다. 어제 저녁 조경 농장에서 사다 놓은 뗏장을 잘라 쥐 파먹은 잔디밭도 손질했다. 모양은 달라졌지만 아내가 차려 준 아침을 먹고 회사로 향하던 일상과 다를 바 없는 하루의 시작이었다. 그렇게 분주히 움직이다 보면,

"새벽부터 뭘 그렇게 열심히 하시나~"

돌아보면 사립짝문 머리에 괭이를 어깨에 메고 해도 뜨지 않았는데 밀짚모자까지 쓴 어르신이 웃고 서 있었다. 저분이 아랫집 아저씨인가, 그 아랫집 할아버지인가. 아직 얼굴도 다 익히지 못한 그들이 아는 체를 해 주는 것이 고마웠다.

"안녕하세요. 벌써 밭에 가시나 봐요."

"갔다 오는 길이지요."

그렇구나. 일찍 일어나서 내가 회사로 출근하곤 했듯이 그들도 이렇게 일찍 일어나 밭을 둘러보고 고라니가 침입하지 않았는지, 작물들은 잘 자라고 있는지 살피면서 부지런히 살고 있었구나.

하늘이 맑고 볕이 따뜻한 날 읍내 종자 판매상에 가서 고추와 상추, 토마토, 오이, 가지 등의 모종을 몇 포기씩 샀다. 읍내 거리는 한 집 건너마다 모종상이라고 할 만큼 온통 모종 가게들로 성시를 이루었다.

어린 시절 고향의 부모님은 물론이고 봄이면 집집마다 직접 모종을 길렀다. 살림이 넉넉한 집은 남들이 부러워하는 작은 비닐하우스를 지어 모종을 길렀고, 대개는 울안 양지바른 텃밭에서 정성으로 길렀다. 자연히 양도 많지 않고 주로 환금성이 좋은 고추 모종이 대부분이었다.

　그랬는데 급격한 산업화 바람은 농산물 생산에까지 분업 시스템을 부추겨 이제는 직접 모종을 기르는 농가가 거의 없는 것 같았다. 대량으로 주문하는 사람들이 적지 않은 걸 보면 나처럼 텃밭에 몇 포기 가꾸려는 사람만이 아니라 제대로 농사를 짓는 농가 역시 그런 듯했다.

　상추와 가지는 혈당 조절에 좋다며 아내가 꼭 심으라고 일렀다. 맵지 않고 아삭아삭 씹히는 맛이 일품인 아삭이고추는 아내가 된장 소스로 버무려 먹기 좋아했다. 마트에서 사려면 꽤 비싼 노란 방울토마토, 익으면 눈치 안 보고 마음껏 깨물어 먹도록 한 바구니 따서 딸애 가슴에 안겨 줘야지. 나는 휘파람까지 불어 가며 모종 심기에 여념이 없었다.

벤츠 아저씨와 똘이

텃밭에 물을 주고 있을 때였다. 사립짝문 밖 길가에 승용차 한 대가 멈춰 서 내다봤다. 아침 햇살에 눈이 부실 정도로 번쩍이는 검정색 벤츠였다. 그것도 내가 다니던 회사의 회장님 차와 같은 클래스인 'S560 4매틱'이었다. 진한 선팅 때문에 차 안은 보이지 않았다.

'뭐지?' 하고 있는데 조수석 문이 빼꼼히 열렸다. 그 사이로 누군가가 내렸다. 사람이 아닌 검정색 개였다. 귀, 꼬리, 발 등의 끝 부분만 약간 갈색 기가 돌 뿐 온몸이 마치 먹물 통에 담갔다가 꺼낸 것처럼 까맸다. 목덜미로부터 가슴을 둘러 갈기처럼 긴 장식털이 휘날리고 있었으며 펄럭일 듯이 큰 귀는 쫑긋 섰는데 한쪽 귀만 끄트머리가 무엇에 잘린 듯 짝귀였다.

녀석은 차에서 내리자마자 냉큼 사립짝문 안으로 들어섰다. 그러나 강렬한 인상과는 달리 무척 소심했다. 나를 보자마자 깜짝 놀라며 꼬리를 사리고는 멈칫멈칫 돌아나가려 했다. 이어 운전석 쪽에서 한 남자가 내리는데, 머리에 꼭 끼면서 있는지 없는지 모를 정도로 챙이 짧은 회색 밀리터리 캡을 썼고 입에 가늘고 긴 궐련을 물고 있었다.

"똘이야!"

육십 대 후반으로 보이는 그 아저씨의 첫 일성이었다. 똘이라고 불린 검둥이가 얼른 그에게 다가갔다.

"안녕하세요?"

내가 인사를 건네자 그는 물고 있던 담배를 손가락으로 옮겨 쥐며 두 번째로 이렇게 말했다.

"지 살던 집 아인교."

제 살던 집이라니, 누가 살던 집이라는 건가. 인사는 받지 않고 무슨 뜬금없는 말인가 하고 있는데 검둥이 녀석이 보란 듯이 잔디밭 한가운데 응가를 하고 있었다. 아, 이 벤츠 아저씨가 지금 주인이 내게 세를 놓기 전에 팔고 나간 이 집의 전 주인이란 것이고 검둥이도 그때 여기서 살았다는 말이구나. 응가를 마친 검둥이는 평상에 뛰어올랐다가 마당 구석구석을 킁킁거리다가 여기저기 뒷다리를 쳐들고 쉬 세례를 가했다.

"가재이."

이상한 벤츠 아저씨가 꽁초를 쥐똥나무 울타리 쪽으로 튕겨 내면서 세 번째로 한 말이었다. 검둥이가 열린 조수석으로 쪼르르 달려가 올라타자 문이 닫히고 차는 출발했다.

내가 벤츠 아저씨라고 부르게 된 이 아저씨는 앞뒤 사정을 가차 없이 잘라 내고 핵심만 툭, 휙 하고 던지는 극단적인 비약 어법을 구사했다. 인사말, 감사, 사양, 미안 같은 말은 그의 매너 사전에 없는 듯했다. 용건만 담은 극히 짧은 발화는 '뭐지?' 하고 얼른 추슬러 봐야 뜻을 알 수 있었지만 대단한 의미가 담긴 적은 거의 없었다. 간단 명료해서 도리어 신선한 맛이 있었고 퀴즈를 풀듯 추리를 요하기 때문에 긴장감도 유발했다.

벤츠 아저씨는 이 집을 팔고 아랫마을 연립주택으로 이사 가 살고 있었다. 차를 몰고 있는 그와 마주쳐서 인사를 건네면 빙긋 웃는 법조차 없이 차창을 조금 내리는 것이 다고, 밭에서 내려오는 길에 비닐봉지 하나를 내게 툭 건네줘서 방금 캔 도라지가 담긴 걸 알고 얼른 인사를 하려고 보면 벌써 차창 밖으로 담배연기만 내뿜으며 저만치 가고 있었다.

'혹시 이거 괜찮으면 드시겠습니까?' 하면서 친구가 가져온 와인이라도 한 병 건넬라 치면 가타부타 한마디도 없이 맡겨 놓은 물건을 돌려받듯 낚아채서는 차 뒷자리에 툭 던졌다. 검둥이 똘이가 마당에 들어오기만 하면 구석구석 돌아다니며 오줌을 지리고 잔디밭에 똥을 싸는데 내가 모종삽으로 똥을 치우는 것을 보면서도, '지 살던 집 아인교.' 이 한마디가 다였다.

벤츠 아저씨는 아침저녁으로 검둥이를 조수석에 태우고, 가끔 뒷자리에 부인도 태우고 텃밭을 가꾸러 오르내렸다. 그 길에 우리 집 사립짝문 머리에 차를 세우고 집 안을 들여다보곤 했다. 한번은 차창을 내리고 휴대폰과 함께 명함 한 장을 쑥 내밀며 '이기, 우째 잘……
보내 보소, 함.' 밑도 끝도 없이 강한 경상도 사투리 억양으로 이렇게
중얼거렸다.

휴대폰은 최신의 스마트폰이고 명함은 보험회사 직원 것이었다.
이 퀴즈는 추리하기가 좀 어려웠는데 다행히 부인이 차에서 내려 힌
트를 주었다. 주차장에서 접촉 사고가 났고 긁힌 범퍼 부분의 사진을
휴대폰 카메라로 찍기는 했으나 보험회사 직원에게 보내는 방법을
모른다는 것이었다. 바탕 화면의 갤러리에서 문제의 사진을 선택하
고 공유 메뉴를 통해 보험사 직원 전화번호에 메시지로 첨부하는 방
식은 내 구식 휴대폰과 동일했다.

문제가 금세 해결됐다. 아저씨가 고맙다고 할 줄 알았는데 뜻밖에
도 부인을 향해 이렇게 퉁명스레 뇌까렸다.

"머꼬, 니는 그것도 몬 하나."

떠나는 차창 밖으로 부인이 대신 두 번 세 번 고맙다고 말하며 손
을 흔들었다.

내게도 벤츠 아저씨에게 도움을 청할 일이 생겼다. 지붕에 설치된
태양열 보일러 물탱크가 새는지 추녀 끝 홈통으로 김이 무럭무럭 나
는 더운 물이 줄줄 흘러내렸다. 이 집에 산 적이 없는 새 주인은 멀리
있고 여기서 5년이나 살았다는 전 주인이면 오죽 잘 알까 싶어 상황
을 설명했다. 당연히 이런 문제는 바깥양반이 전공이라고 생각했는

데 돌아온 답은 '그건 집사람이 박사 아잉교.'였다.

아저씨 말대로 집 안의 여러 관리 항목은 전에 미용실을 운영했다는 부인 몫이었다. 거의 차를 타지 않고 걸어서 텃밭을 오가는 이 부인 곁에는 늘 그 검둥이 똘이가 따르고 있었으므로 나는 자연스레 똘이 엄마라고 부르게 되었다.

위쪽 별채에 3년째 세 들어 사는 안씨의 말에 의하면 벤츠 아저씨는 전에 일식집을 운영했고 건설계통의 일도 했단다. 성남에 작은 빌딩을 한 채 갖고 있다고 하는데 일흔이 다 돼 가는 지금도 용돈벌이로 크고 작은 건설 현장에 일을 하러 다닌다고 했다. 요즘 찾기 힘든 미장공 출신이어서 읍내 인력 소개소에서 인기가 좋단다. 벤츠를 몰고 이른바 노가다를 뛰러 다니는 모습은 그걸 타고 텃밭을 오가는 것만큼이나 어울리지 않게 느껴졌으나 그의 독특한 성격으로 볼 때 그리 낯선 것만도 아니었다.

똘이 엄마는 아저씨와 180도 다른 성격이었다. 조금 졸리는 목소리이기는 해도 자분자분 유치원 선생님처럼 자상했다. 충분히 알아들었는데 언제 끝내려는가 할 만큼 설명이 길어지고 곧잘 새로운 화제로 말머리를 돌려 묻지도 궁금하지도 않은 얘기를 이어 갈 때면 차라리 아저씨가 낫다는 생각이 들 때도 있었다. 하지만 나의 이곳 생활에 적잖은 도움을 주었다.

태양열 건에 대해 똘이 엄마는 우선 뒷방 창고의 보일러실 수도관

밸브부터 잠그라고 했다. 그렇게 했더니 지붕에서 흐르던 물이 뚝 그쳤다. 이어 지붕의 냉온수 연결 파이프가 터진 게 틀림없으니 윗집 안씨에게 부탁해 갈아 끼우라면서, '여기 있잖아요.' 하고 창고 선반 귀퉁이에서 전에 쓰고 남은 파이프 도막을 찾아 주었다. 그리고 안씨가 작업하는 걸 잘 봐 뒀다가 다음에 또 그러면 손수 고치라고도 일러 주었다.

이 태양열 보일러는 설치한 지가 오래돼서 일 년에 한 번 정도 꼭 문제를 일으키는데 읍내 설비업체 사람을 부르면 언제 올지 기약이 없을 뿐만 아니라 한 뼘도 안 되는 파이프 하나 갈면서 출장비 포함해 20~30만 원을 받는다고 귀띔했다. 아파트에만 살던 사람들은 알지 못하는 정화조 청소하는 시기, 각 방별 보일러 밸브의 알뜰한 관리법, 여름철의 각종 벌레 퇴치법, 연료를 절약하면서 따뜻하게 겨울나기 비결 등을 자세히 가르쳐 주었다.

100퍼센트 순수 혈통 같지는 않았으나 파피용의 피가 담뿍 흐르는 똘이의 펄럭이는 큰 귀가 짝귀가 된 사연도 들려주었다. 큰 귀에 털까지 난무한 꼴이 거추장스럽다며 아저씨가 가위를 들었다가 귀 살까지 잘라 내고 말았다는 것이다. '그놈의 담배만 물고 있지 않았어도…….' 담배 연기가 눈에 들어가는 바람에 가위질이 빗나간 모양이었다.

피를 뚝뚝 흘리며 죽겠다고 깨갱거리는 녀석 앞에서 아저씨가 한 말은 '우짜꼬, 연기 땀시.'였단다. 그 얘기를 듣고 있자니 햇빛 때문에 아라비아 불량배를 향해 권총 방아쇠를 당겼다는 뫼르소가 문득 떠올랐다.

어쩐지 이방인 같아 보이는 아저씨. 그리고 이 아저씨와는 달라도 너무 다른 성격을 가진 아주머니. 어쩌면 그래서 이 부부는 바늘과 실 같은 천생연분이 아닐까도 싶었다. 나는 이들 부부와 이런저런 도움을 주고받으며 빠르게 가까운 이웃이 되었다.

정다운 이웃들

　텃밭까지 갈무리한 뒤 나는 낡은 평상의 장판을 새로 깔고 찌그덩하게 기운 한쪽 다리도 바로잡았다. 그 위로 파라솔을 산뜻하게 펼쳐 놓은 뒤 마당에 고기 구울 그릴을 설치했다. 딸애가 아직 어리고 나도 한창 시절일 때 열심히 캠핑을 다니자며 텐트와 함께 사 놓았던 것이다. 그동안 두어 번이나 썼나, 이사 때마다 언제 또다시 쓰게 되나 하면서 끌고 다닌 것이 여기까지 딸려 와서 요긴하게 쓰이게 된 것이었다.

　읍내 마트에서 삼겹살을 넉넉히 사고 몇 가지 채소와 과일, 수박도 한 통 샀다. 막걸리, 맥주, 소주 해서 술을 종류별로 준비했다. 온 마을에 광고를 할 처지는 아니어도 몇 년이 될지 모르나 이 마을 주민으로 살아갈 텐데 윗집, 아랫집, 그 옆집들에게는 인사를 해야겠기에 일일이 찾아가 초대를 했다.

　해가 뉘엿뉘엿 할 무렵 다들 집들이용의 큼직한 휴지 세트와 세제 세트를 메거나 들고 부부 동반으로 찾아왔다. 윗집 해병대 아저씨네를 비롯해 그 옆집 토박이 아저씨 부부, 아랫집 의사 며느리 할머니와 그 아랫집 아리네 부부 등 일곱 분이 먼저 왔고 위 별채에 홀로 사는 안씨는 파티 끝 무렵에 일터에서 돌아와 합류했다.

벤츠 아저씨네도 초대했지만 아저씨가 술자리에 어울리는 걸 싫어한다며 부인까지 덩달아 사양했다. 나는 나중에 따로 식사 자리를 마련하겠다고 했다. 손님들이 가져온 휴지, 세제 세트가 산더미 같아서 족히 일 년은 쓰고도 남을 만했다.

그동안 별채에 사는 안씨와 똘이 엄마로부터 들은 이웃들의 면면은 대강 이렇다. 20년 전 목포에서 이사 왔다는 해병대 아저씨는 그 호칭이 말해주듯 해병대 하사관 출신인 것을 큰 자랑으로 여긴다. 일흔이 넘은 지금까지 1톤 화물차를 몰아 자식들에게 손 벌리지 않고 손자들 용돈 줘 가며 살고 있다. 육십 대 초반이라 해도 곧이들을 왕성한 혈기는 매일 저녁 곤지암 천변 산책로를 한 시간씩 달리는 데서 나온다고 믿고 있다.

해병대 아저씨가 형님이라 부르는 해병대 아저씨네 옆집의 토박이 아저씨는 내가 세 든 이 집을 지은 장본인이다. 이 마을에 50년째 살면서 꽤 넓은 전답을 소유하고 직접 농사도 짓는다.

의사 며느리 할머니는 연세가 여든다섯 살인데도 허리가 약간 굽은 것을 제외하면 200여 평 텃밭을 혼자서 가꿀 정도로 정정하다. 원래 분당 아들 집에서 함께 살았는데 할아버지가 돌아가신 뒤 친정 가까운 이곳에서 흙 밟으며 살고 싶다고 홀로 내려오신 것이었다. 며느리가 의사라서 아픈 데가 없고 든든하다며 며느리에 대한 자부심이 대단하다.

아저씨는 읍사무소 직원이고 부인은 중학교 교사인 아리네는 온 마을을 헤집고 다니는 길고양이들의 원조할미라 할 '아리'를 집에서 키우는 바람에 이웃들이 붙여 준 애칭이다.

　안씨는 건축 설비계통의 일을 하는데 인근 마을과 읍내는 물론 때로 대전, 포항까지 원정을 갈 정도로 기술이 뛰어나다. 비틀린 문틀 바로잡는 것부터 수도, 보일러, 타일 시공까지 주거와 관련된 거라면 못하는 게 없다.

　파티는 랜덤으로 진행되었다. 삼겹살에 술 한 잔 차려 놓은 소박한 초대 자리에 무슨 식순까지 염두에 둔 것은 아니었다. 그렇다 해도 점잖게 인사는 나누고 덕담 한두 마디씩은 주고받은 뒤에, '별로 차린 건 없지만 즐겁게 드시면 감사하겠습니다.' 뭐 이런 격식 정도는 생각했는데 다 필요 없었다. 이제 막 불이나 피운 참인데,

　"으따, 괴기 굽는 냄새가 구수하요이잉."

　각진 얼룩무늬 해병대 모자를 멋지게 눌러쓴 해병대 아저씨의 이 말이 파티의 시작을 알리자 잘들 알아서 연장자를 상석에 앉히고 각자 자리를 잡으면서 물 흐르듯 어울렸다. 명절에 식구들이 차례 상 앞에 모여 어울리는 것보다 더 자연스러워 보였다. 똘이 엄마 통해서 일손 도울 아주머니 한 명 구할까 했는데 그럴 필요 없다고 하더니 그 말이 맞았다.

　"된장하고 김치가 없네."

상석에 앉은 의사 며느리 할머니가 이렇게 속삭이자 아주머니들이 너도나도 집으로 가서 된장과 김치들을 한 보시기씩 퍼 왔다. 이 또한 내가 몇 달은 먹어도 될 만큼 넉넉했다. 지난해 가을 한날에 담갔다는 김치는 시고 달고 짠맛이 미묘하게 다르면서도 하나같이 감칠맛이 났다. '득템'이 아닐 수 없었다.

부인들은 수박을 자르고 필요한 그릇들을 내오고 심지어 내가 미처 생각 못 했던 밥을 짓고 국까지 끓이면서 집 안을 들락거렸다. 이건 뭐 누가 주인이고 누가 손님인지 알 수 없었다. 삼겹살 타는 연기에 훈연되어 재채기를 하고 있는 내 손에서 슬며시 집게와 가위를 빼앗으며 아리네 아저씨가 말했다.

"고기를 자르는 게 아니라 다지고 계시네요."

그렇게 알아서들 챙기며 즐기니 나는 그저 술병이나 들고 왔다 갔다 할 뿐이었다. 술이 몇 순배 돌자 아기자기 얘기꽃이 피었고 누가 농이라도 펴는가 싶으면 와 하고 상이 엎어져라 웃음이 터졌다. 분위기는 역시 입담 좋은 해병대 아저씨가 이끌었다.

"오늘 아침에 봉께 쩌어그, 행님네 축대 밑 두릅 밭에 말이요. 한 영감이 엎어져 죽어 있대."

"엥, 뭔 허풍이여, 또. 영감이 죽어 있다니."

"아 그 지난가을부터 눈꼽 지지해 각고, 다리 찔룩찔룩 함선 돌아댕기던 늙다리 있잖소."

"뭔 말이여, 누가 죽었다는 거여, 대체."

잠시 좌중에 긴장감이 돌았다. 그러나 곧 아리네 아주머니가 손뼉을 치면서 침묵을 깨뜨렸다.

　"에고, 괭이 밥 훔쳐 먹으러 내려오던 그 너구리 말이군요. 우리 아리한테 뺨따귀도 많이 맞았는데."

　"한동안 보이지 않더니 결국 그렇게 됐군요. 불쌍하기도 하지."

　며칠 전 테라스 아래서 기어 나와 덤불 속으로 사라지던 그 늙은 너구리가 떠올라서 나도 한마디 거들었다.

　"며칠 전에 저 테라스 아래서 기어 나와 산으로 가더군요. 저기에 보금자리를 만들었더라고요."

　다들 내가 가리킨 테라스 쪽으로 고개를 돌렸다.

　"그러게, 여가 빈 집이라 그랬구나. 왜 안 보이나 했더니 여서 앓고 있었나 보네."

　토박이 아저씨가 얼굴을 찡그리며 술잔 든 팔로 자기네 집 쪽을 가리켰다.

　"동생, 그럼 아직 거기 있다는 거야. 그 송장이?"

　"허허 징그럽은 갑소이. 근데 걱정 마시요. 약이나 할까 하고 살펴봉께로 뻑다구하고 오그라든 털밖에 읍써. 짜안하더라니. 지 살던 뒷산에 끌어다 묻어 줬제."

　"쯧쯧, 늙고 병들면 가는 게 순리지."

　의사 며느리 할머니가 가늘게 한숨을 내쉬며 이렇게 도를 달았다. 분위기를 바꿔 보려고 내가 궁금한 걸 여쭤보았다.

"할머니, 댁에서 키우시는 강아지 이름이 굼벵이 맞지요?"

아침저녁으로 할머니가 사료를 주면서 굼벵아, 굼벵아 부르는 소리가 들창 너머로 들려오곤 했다. 회색의 쭈그렁 주름투성이에 왕방울 같은 눈을 끔벅거리며 현관 앞 큼직한 방석 위에 늘 같은 자세로 엎드려 있는 퍼그 종이었다. 주말마다 아들 내외와 손자들이 와서 억지로 마당에 끌고 다니며 노는 것 말고는 녀석이 달리 움직이는 모습을 본 적이 없어서 이름 참 잘 지었다고 생각하던 참이었다. 할머니는 자기 강아지에 관심을 보이는 것이 고마웠는지 환하게 미소 지으며 대답했다.

"굼벵이가 아니라 궁뎅이라우."

"예에? 나는 여태껏 곰탱이인 줄 알았네!"

아리네 아주머니가 이렇게 외치자 좌중은 와아 하고 웃음바다가 되었다. 이번엔 토박이 아저씨 부인이 할머니에게 물었다.

"그래 왜 궁뎅이래요?"

"그놈 나이가 열여섯 아니우. 늙은이는 한번 앉으면 일어나기가 싫어. 궁뎅이가 무거워서 말이지. 이제 지가 먼저 죽나 내가 먼저 죽나 하고 재 보는 중이라우."

아리네 아주머니가 할머니의 등을 가볍게 토닥였다.

"할머니도 참, 개 나이 열여섯이면 사람 나이로 아흔이 넘어요. 할머니는 아직 청춘이에요."

화제는 도시가스 설치 건으로 넘어갔다. 지난해 봄에 마을 숙원이던 도시가스가 들어왔는데 한뼘다리가 놓인 너비 10미터도 안 되는 개천 때문에 이 안골만 제외된 모양이었다. 업체가 요구하는 추가 비용을 물고 다시 끌어오자, 쟁여 놓은 화목 보일러용 땔감이 3년 치는 되는데 뭐 하러 목돈을 쓰느냐, 집값 올려 팔 것도 아니고 지금의 심야 전기로도 충분하다, 대세가 도시가스이니 언젠가는 설치해야 한다는 등 한동안 결론 없는 갑론을박이 이어졌다. 화제는 다시 주변 빈 터마다 외지인들이 연립주택을 지으려고 들썩거려서 마을 분위기 망치겠다는 우려로 넘어갔다가, 자식들 얘기에 이르러 잦아들었다.

그제야 비로소 이웃들은 나의 신상에 대해 관심을 나타냈다. 인상이 참 좋아 보인다, 초대해 줘서 고맙다, 잘 먹었다, 이런 의례적인 인사와 더불어 어디서 왔는가, 가족은 어떻게 되나 같은 평범한 질문이 이어졌다. 나도 의례적인 감사와 함께 앞으로 이웃으로 잘 지냈으면 좋겠다는 말로 응대했다. 그런 중에 의사 며느리 할머니가 언제 나오나 하고 조마조마했던 질문을 던졌다.

"한창이신데 어찌 이런 시골에 혼자 내려와 사신데요?"

저간의 사정을 설명하려면 얼마나 긴가. 자리 잡고 앉아서 구구절절 엮을 만치 재미있는 얘깃거리도 아니어서 일단 줄기만 보여 주기로 했다.

"건강이 좀 안 좋아졌습니다. 한동안 쉬려고요."

이 말에 '어디 보자.' 하고 슬쩍슬쩍 훑어보는 눈길이 느껴지기는 했으나, '뭐 보기엔 멀쩡하고만.', '차차 알게 되겠지.'라고 생각하는 듯 꼬치꼬치 캐려는 눈치들은 아니었다.

"요양하기는 이만한 데가 없지요."

토박이 아저씨가 이렇게 마무리를 짓는가 싶더니 한마디 덧붙였다.

"그래, 뭐 소일거리는 있으신가요?"

"일단은 뒷산 오르내리면서 운동 좀 하고, 요 텃밭이나 가꾸려고요."

이 말에 울안을 둘러보던 아저씨의 얼굴에 '애걔, 저것도 텃밭이라고.' 하는 기색이 역력했다.

"여기 빈 땅이 많아요. 운동 삼아 가꾸실 만한 밭이 있으니 언제든지 말씀만 하세요."

그렇구나. 앞으로 이어질 긴긴 날들을 산책하고 책 읽는 것만으로 지낼 수는 없겠구나. 토박이 아저씨가 새삼 이 중요한 문제를 상기시켜 주었다. '왜 할 일이 없어. 몸 좀 나아지면 당신 일 때문에 중단한 학위 준비하면 되잖아.' 토박이 아저씨의 조언도 고마웠지만 아직은 '농사'라 할 만한 일까지는 무리였다.

"아이고, 말씀만으로도 감사합니다. 나름대로 계획한 일들이 있습니다. 글도 좀 쓰고요."

이 말을 받아 아리네 아주머니가 '그럼 그렇지.' 하는 목소리로 말했다.

"아, 작가 선생님이시구나."

"작가라니요. 그저 써 볼 글이 좀 있습니다."

하긴, 어릴 때 작가가 되는 꿈을 꾸기도 했었으니 이참에 논문만이 아니라 이것저것 글쓰기도 좀 해야겠다는 생각이 문득 들었다. 어쨌든 아리네 아주머니의 느닷없는 한마디에 나는 '작가 선생님'이란 별칭을 얻게 되었다.

이웃들은 밤이 꽤 깊어서 자리에서 일어났다. 아리네 부부가 의사 며느리 할머니를 부축해 먼저 내려갔고, 해병대 아저씨와 토박이 아저씨가 어깨동무를 하고 콧노래를 흥얼거리며 사립짝문을 나섰다. 얼른 돌아가 쉬시라고 말렸지만 아주머니 두 분이 남아서 설거지에 주방 정리까지 말끔히 끝내고 돌아갔다. 정다운 이웃들이었다.

3. 나의 딸 우리 수니

'순이'에서 '수니'로

　나는 아내에게 순이를 보내지 않았다는 말을 하지 못했다. 주말에 내려온다고 했으니까 맞닥뜨려 보기로 했다. 이렇게 참한 강아지인데, 실물을 보면 마음이 바뀔 수도 있지 않겠어? 모처럼 딸애도 같이 온다니 잘 됐지 뭔가. 이참에 녀석의 설 자리를 확실히 정해야지. 나는 걱정 반, 기대 반으로 주말을 기다렸다.

　그날 아침 나는 집안 구석구석 순이가 떨군 털 한 오라기까지 진공청소기로 꼼꼼히 빨아들였다. 솔질을 두 번이나 하고 샴푸를 듬뿍 풀어 목욕도 새로 시켰다.
　"오늘 새엄마랑 언니까지 올 거야. 예쁘게 하고 있어야 돼."
　이렇게 만반의 준비를 하고 기다렸다. 그런데 순이를 보는 아내의 눈길은 차갑기만 했다.
　"얘야? 보낸다더니 어떻게 된 거야?"
　꼬리 치며 다가와, '안녕하세요, 새엄마?' 이렇게 인사하는 순이는 본체만체하고 내게 따지기부터 했다. 아내가 아무런 반응을 보이지 않자 순이는 딸애 쪽으로 다가갔지만 딸애 역시 팔짱을 낀 채 아내의 눈치를 살피며 멀뚱히 내려다보거나 할 뿐이었다. 아내가 재차 물었다.

"어떻게 된 거냐고. 거기서 못 받겠대?"

"그건 아니고, 그냥 얘가 가기 싫다네. 주인 나타날 때까지 좀 더 둬 보려고."

"무슨 말이야, 그게. 정확히 말해. 당신이 보내기 싫은 거지?"

그날 내 다리에 제 옆구리를 비비면서 빙그르르 돌던 순이의 그 필살기, 그로부터 내 가슴에 차오르던 감동의 물결을 나는 설명할 도리가 없었다. 나는 주눅 든 소리로 말했다.

"너무 착하고 말을 잘 들어서 얘 때문에 힘든 건 하나도 없어. 오히려 얘 오고 나서 잘 때 가위눌리는 일이 없어졌고 불면증도 사라졌다고."

이건 사실이었다. 어찌 그리되었는지 해석할 수는 없지만 녀석이 와서 그 가위눌림 귀신을 쫓아 버리고 불면증 바이러스도 잡아먹은 건 틀림없었다. 하지만 아내는 입술을 찡긋거리며 '뭐라고?' 하는 표정으로 싸늘하게 말했다.

"당신 개 싫어하잖아."

나직했지만 힐난조의 이 한마디는 내 뒤통수를 후려치는 둔중한 몽둥이와도 같았다. 나는 개를 싫어하지 않는다. 어린 시절 우리 시골집에선 언제나 개를 길렀다. 제일 친한 친구가 우리 집 강아지라고 해도 과언이 아니었다. 자주 놀아 주지 못한 게 늘 미안했지 내가 똘방이를 미워한 적은 없었다. 일에 치여 아내만큼 관심을 가질 여유가 없었다고 하는 편이 맞을 것이다. 나는 억울했다.

"내가 똘방이를 미워했다고 생각해?"

나도 언성이 조금 높아졌다.

"똘방이 얘기는 하지 마!"

마침내 아내는 폭발하고 말았다.

"엄마 왜 그래? 이제 똘방이한테서 좀 벗어나."

"미안해."

아내는 현관문을 열고 휑하니 밖으로 나갔다. 딸애가 아내를 붙잡으며 뒤따라 나갔다.

순이가 보이지 않았다. 꼭 이렇게까지 해야 되나. 나를 향한 것인가, 지워지지 않는 트라우마 때문인가. 이해하려고 해도 도무지 답이 보이지 않았다. 그저 난감할 뿐이었다.

순이는 안방 내 책상 밑에 숨어서 떨고 있었다. 그 큰 귀가 사라지기라도 한 것처럼 목덜미에 찰싹 붙었고 한껏 웅크린 몸으로 나를 곁눈질했다. '아빠도 화났어요?' 나는 녀석을 안고 밖에 들릴세라 조용히 말했다.

"괜찮아. 지금은 저래도 좋은 사람이야. 순이 곧 예뻐하게 될 거야."

나는 순이를 집 안에 두고 밖으로 나왔다. 아내와 딸애는 텃밭 가에 서서 연한 가지들 끝에 나비 더듬이 같은 가녀린 덩굴손을 돌아내막 지주대를 타고 오르려는 오이 줄기를 바라보고 있었다.

"아빠, 이게 방울토마토야?"

"응, 이건 오이야. 방토는 여기. 벌써 열매가 맺히네."

"신기하다. 언제 익어?"

"아마 한 달은 기다려야 할걸."

"아 진짜? 그때 또 와야지."

아내도 한마디 했다.

"성격대로 밭은 참 깔끔하게 가꿨네."

나는 분위기를 살리려고 웃으면서 말했다.

"우리 뒷산에 가 볼까?"

"이걸 신고 어떻게 산엘 가."

아내는 자신의 단화를 내려다보며 말했다.

"전혀 문제없어. 그냥 평지나 다름없는 산책길이야."

나는 현관으로 들어가서 슬리퍼를 벗고 운동화로 갈아 신었다. 순이가 쪼르르 뛰어와 '나두, 나두.' 두 앞발을 발발거렸다. 녀석과 함께 가면 얼마나 좋을까. '미안해 순이야. 아빠 얼른 갔다 올게.' 나는 녀석의 머리를 쓰다듬어 주고 그냥 밖으로 나왔다. 녀석은 창틀에 앞발을 걸치고서 테라스를 지나는 나를 물끄러미 내다보고 있었다.

'쟤는 안 데려가?' 혹시라도 아내가 이렇게 말해 주기를 기대했지만 과한 욕심이었다. 내가 혼자 나오는 걸 보고 딸애가 뭐라고 말하려다가 아내 쪽을 흘끗 돌아보더니 그만두었다.

주말이라 숲길에는 산책 나온 사람들이 꽤 있었다. 우리는 운동기구가 설치돼 있는 쉼터까지 갔다. '저게 중부고속도로고 저리 쭉 올라가면 하남이야. 이쪽에 저 산을 넘으면 이천이고…….' 딸애는 내가 처음에 그랬던 것처럼 체력단련 기구마다 몸을 맞추고 돌아가며 가동해 보고 있었다.

"당신 건강관리하기에는 딱이네."

"이제 여기까지는 단숨에 와. 저리 한참 더 가면 사태봉산 정상인데 거기까지 산책 거리를 늘리려고."

"무리하지 마. 의사가 한동안 조심해야 된다고 했잖아."

"그럼, 당장 그런다는 게 아니고 봐 가면서 차츰 늘린다는 거지."

딸애의 학교생활과 입시 준비는 어떤지, 별 고민은 없는지, 이런 사소한 걱정까지 모두 내려놓으라는 게 의사의 권고였다. 하지만 그다지 현실적인 권고는 못 되었다. 언제든지 카톡으로 묻고 '제가 알아서 잘하네. 걱정하지 마.' 이런 답을 들을 수 있으니 만나서까지 주고받을 화제는 아니었다. '서울보다 확실히 공기가 맑구나.', '생각보다 외진 느낌이 덜 드네.', '고라니가 많고 멧돼지, 너구리도 있어.' 각자 혼잣말처럼 중얼거리는 말들은 서로 이어지지 않고 겉돌았다. 하지만 그게 무슨 상관인가. 이심전심으로 통하는 게 가족인데.

돌아오는 길에 푸들 한 마리를 앞세운 산책객과 마주쳤다. 딸애가 지나가는 말처럼 한마디 했다.

"아빠, 순이가 뭐야. 걔 이미지하고는 너무 안 어울려. 촌스러워."

얘가 지금 뭔 말을 하는가. 아차 싶었는데 뜻밖에도 아내가 거들었다.

"그러게, 무슨 신파극 주인공 같은 이름이잖아."

아예 관심이 없는 건 아니구나. 하지만 이때다 하고 덜컥 나섰다가는 분위기가 또 어떻게 꼬일지 알 수 없었다. 슬기롭게 대처해야 했다.

"임시로 부르는 거니까. 주인 나타나면 다시 제 이름 따라가겠지."

"임시라도 그렇지. 순이는 좀 아닌 거 같애. 크리미는 어때?"

딸애는 부드러운 질감의 흰 털과 살가운 몸짓을 보는 순간 바로 떠오른 이름이라며 '크리미'로 바꾸자고 했다. 초등학교에 들어간 기념으로 똘방이를 입양했던 때도 딸애가 이름을 지었다. 젖 뗀 지 겨우 일주일밖에 되지 않아 물에 불린 사료 대여섯 알을 이유식으로 먹일 때였는데, 고 조막만 한 녀석이 딸랑이 공을 가지고 노는 모습이 똘똘하다며 그리 지은 것이었다. 녀석은 이름값을 하기라도 하듯 꿈틀이 뱀, 곰돌이, 거북이, 둘리 등 새로 산 장난감 이름을 모두 기억하고 주문하는 대로 물어오곤 했었다.

아내가 대꾸했으면 싶었는데 아무 말이 없었다. 내가 딸애에게 말했다.

"좋은 이름이긴 한데 또 바꾸면 헷갈리지 않겠니?"

나는 '순이'라는 이름을 바꾸고 싶지 않았다. 만약 '크리미'로 다시 바꾼다면 전 주인이 불렀을 이름에다 내가 지어 준 이름까지 적어도 이름만 세 번째 바뀌는 셈이 아닌가. 녀석이 혼란을 겪을 수도 있겠고 무엇보다 처음 만나서 불러 준 이름에 대한 미련을 버릴 수 없었다. 좋은 생각이 떠올랐다.

"이건 어때?"

나는 왼손바닥을 쳐들고 거기에 오른손 식지로 천천히 이렇게 써 보였다. 'SOONY'. 딸애가 그걸 발음했다.

"수니?"

"응, 순이가 아니라 수니. 한결 촌티가 벗어진 거 같지 않니?"

딸애가 킥킥거리며 말했다.

"아빠 처음 지은 이름 버리기 싫어서 마술을 부리는구나."

아내는 허탈한 웃음인지 쓴웃음인지 알 수 없는 웃음을 머금으며 이렇게 뼈가 박힌 말을 했다.

"임시로 부르려고 지은 게 아니네, 뭐."

우리 세 식구가 들어오자 눈치 빠른 순이는 얼른 안방으로 뛰어가서 내 책상 밑에 가만히 엎드렸다. 한 번쯤 아는 체 해 주기를 바랐지만 아내는 끝내 순이에게 눈길을 주지 않았다. 딸애가 학원에 가야 했으므로 모녀는 오래 머물지 않았다.

아내가 운전대를 잡은 채 사립짝문 머리에 서 있는 내게 물었다.

"진짜 나중에 주인이 찾으러 오기도 한대?"

"이장님이 분명히 그렇게 말했어. 시골이잖아."

아내와 딸애를 보내고 안으로 들어와 순이의 새 이름을 시험해 보았다.

"수니야. 이리와 봐."

녀석은 엎드려 있던 책상 밑에서 일어나 쪼르르 내게 뛰어왔다. 귀 밝은 녀석이 눈치를 챘을지 어떤지는 알 수 없지만 이렇게 '순이'는 '수니'가 되었다. 내가 마당에서나 산책길에서 '수니야, 수니야.' 하고 불러도 이웃 중에 왜 이름이 바뀌었느냐고 묻는 사람은 없었다.

동병상련

　우아하고 해맑은 모습과는 달리 읍내 동물 병원에서 받아 본 검진 결과 수니의 건강상태는 썩 좋지 않았다.

　"보통 집에서 기르는 애견들이 다 갖고 있는 항체가 얘한테는 없네요. 태어나서 백신을 한 가지도 맞히지 않았나 봐요. 하다못해 매년 봄가을로 보건소에서 무료 접종하는 광견병 백신이라도 맞히지……."

　간 수치도 좋지 않고 특히 신장 수치는 당장 치료를 요하는 수준이었다. 평소 애견용 사료를 적절히 공급한 게 아니라 사람 음식을 무분별하게 먹인 게 원인일 거란다. 의사의 소견을 듣고 있자니 기분이 씁쓸했다. 치아도 말이 아니었다. 녀석이 흥분해서 헥헥거리거나 핥는 행동을 할 때 입 냄새가 좀 심하다 했더니 이유가 있었다.

　"치아 관리를 전혀 안 했어요. 치석이 많이 쌓인 것은 둘째 치고, 치주염이 심하네요. 이 이빨은 당장 뽑아야 되겠어요."

　의사는 치과용 갈고리로 녀석의 위 송곳니 옆의 앞니 하나를 흔들어 보였다. 심하게 흔들리는 이빨 사이로 피고름이 배어 나왔다. 이런 과정이 꽤나 낯설고 성가실 텐데도 수니는 '나 죽었소.' 하고 꼼짝

없이 엎드려 있었다. '애는 참 순하네요.' 의사도 녀석의 무던한 성격은 인정했다.

"아하, 이거 보세요."

의사는 녀석의 입술을 위아래로 벌려가며 송곳니와 어금니 곳곳에 새겨진 갈색 반점들을 갈고리 끝으로 가리켰다.

"이건 영구치가 나고 나서 오래지 않아 홍역을 앓았다는 증거예요. 많이 아팠을 텐데 용케 버텼네요."

이 외에도 여러 날 보호받지 못한 상태로 헤매면서 오염된 음식물 쓰레기나 다른 동물의 배설물 등으로 허기를 면했을 게 틀림없어 소화기 계통의 기생충에 감염됐을 확률이 높다고 했다. 어느 정도 예상은 했지만, 그야말로 기가 찬 일이었고 그 알 수 없는 '주인이란 작자'는 무슨 생각으로 애를 길렀나 싶어 부아가 치밀었다.

하긴 이런 상태의 수니를 앞에 두고 내가 안타까워하는 상황이 개를 가족으로 여기는 사람들에게나 의미 있는 일이긴 할 게다. 개는 고사하고 사람이 아파도 병원에 가기 어려웠던 시절을 떠올릴 필요도 없이, 지금 이 마을만 해도 여러 집에서 그저 묶어 놓고 밥만 주면 된다는 식으로 기르고 있지 않는가.

그런 환경에서도 그 개들은 얼마나 명랑하고 주인과 더불어 행복해 보이던가. 그러니 섣불리 내 감정의 잣대에 따라 수니의 전 주인을 원망할 수는 없으리. 그것이 불행이었는지 또는 행복이었는지는 그저 수니만이 알고 있을 것이었다.

어쨌든 가족으로 받아들이기로 한 나에게 수니의 이런 상태는 가없기 짝이 없었다. 내가 정글과도 같은 경쟁 사회의 일원으로 살아오다가 몸 구석구석이 망가지는 줄도 몰랐듯이, 수니 역시 태어나 자라고 주인을 만났다 헤어지기까지 나름대로 파란만장한 길을 걸으면서 건강이 심각한 상태에 놓인 것은 분명했다.

'너나 나나 종합병원 신세구나.' 같이 살아가는 동안 건강하고 행복하려면 번거롭지만 이런 과정을 거쳐야 했다. 녀석이 말을 할 수 있다면 '이런 거 안 해도 나는 씩씩하게 잘 살 수 있어요.'라고 할지도 모르지. 하지만 나는 녀석의 삶을 책임지기로 한 사람의 입장에서 최소한의 의무를 다하고자 했다.

의사는 치아 마모 정도로 보아 수니의 나이를 만 세 살 정도로 추정했다. 젖꼭지 함몰과 유선 발달 상태로 보아 임신, 출산 경험은 없어 보인다고 했다. 품종 특성상 워낙 건강 체질이라 큰 병은 없지만 만약을 대비해 지금부터라도 필수 예방접종을 시키고 신장 치료를 시작하라고 권했다. 더불어 소변을 참는 버릇이 오래 가면 신장염을 일으킬 수 있으니 어렵더라도 실내 배변 습관을 꼭 익히라고 했다.

나는 의사의 권고대로 예방접종 프로그램과 치주염 치료를 시작하고, 재생 불능인 이발을 뽑게 했다. 두 달 치 신상 치료약과 특별 사료도 구입했다. 치석 제거를 위한 스케일링에 대해서는 상태가

워낙 심해 마취가 필요하다는 소견이어서 뒤로 미루었다. 대신 사료에 섞어 주면 도움이 된다는 치석 제거용 무슨 가루와 간식 등을 구입했다.

  병원을 나와 애견숍에 들러 이것저것 필요한 게 없나 둘러보는데 눈길을 끄는 게 있었다. 병원에서 의사가 사용하던 치과용 갈고리와 비슷한 것이었다. 애견숍 주인에게 물어보니 찾는 사람도 없고 거의 팔리지 않는 물건이지만 스케일링 도구란다. 어쨌건 그게 상품으로 나와 있다는 것은 의사가 아니라도 강아지 스케일링을 할 수 있다는 뜻이 아닌가. '수니처럼 말 잘 듣는 강아지라면······.' 나는 그것도 샀다. 그리고 실내 배변 습관을 들이기 위해 플라스틱 배변판도 하나 구입했다.

오래 함께할 날들을 위하여

옛날에 키우던 똘방이는 입이 짧아서 식사 때마다 신경을 곤두세우곤 했다. 온갖 종류의 사료를 다 줘 봐도 제대로 먹는 게 없었다. 녀석이 좋아하는 삶은 호박고구마로 사료를 한 톨씩 싸서 경단을 빚어 줘야 겨우 먹었다. 아내는 날마다 녀석을 앞에 앉혀 놓고 이 고역을 치렀다.

수니는 뭐든 주는 대로 잘 먹어서 편했다. 사료는 종류를 가리지 않았고 닭 가슴살, 고구마, 호박, 바나나, 오리고기 등 마다하는 게 없었다. 조약돌이라도 주면 먹을 것처럼 식성이 좋았다. 그런 수니가 치료용 사료에 대해서는 거부감을 보였다. 일반 사료보다 서너 배는 알이 굵은 데다 식욕을 떨어뜨리는 독특한 냄새가 나는 모양이었다.

"수니야, 이거 먹어야 얼른 건강해지는 거야."

의사의 조언대로 다른 음식은 일체 주지 않고 두 끼를 굶겼더니 드디어 먹기 시작했다.

그런데 먹는 방법이 전과 달랐다. 밥그릇에 코를 박고 한동안 킁킁 냄새를 맡은 후에 덥석 한 입을 물어서 바닥에 흩뿌리고는 한 톨씩 주워 먹는 것이었다. 씹는 법도 없이 진공청소기로 빨아들이듯 허겁

지겹 먹어치우는 일반 사료와 달리 그 한 알 한 알을 아드득 아드득 씹어 먹었다. 그렇게 다 주워 먹고 나면 또 한 입을 물어서 흩뿌린 뒤 한 톨씩 주워 깨물어 먹는 모습이 장난하는 것처럼 귀여웠다. 아마 이렇게 먹어야 치료 효과가 나도록 설계된 모양이었다. 며칠이 지나자 바닥에 흩뿌리지 않고도 잘 씹어 먹었다.

치주염 치료가 끝날 무렵 스케일링을 시도해 보기로 했다. 마취를 해야 가능하다는 의사의 말도 있고 해서 긴장하지 않을 수 없었다. 녀석을 소파에 앉혀 놓고 '우리 이거 한번 해보자.' 하면서 갈고리를 보여 주자, '뭐 하는 건데요?' 녀석은 말똥말똥한 눈으로 고개를 갸웃거렸다.

내가 '이렇게 하는 거야.' 하고 엄지와 인지를 펼쳐 양 입술 사이를 가볍게 쥐자 녀석은 자연스레 입을 벌렸다. 먼저 위 송곳니 뿌리 쪽에 붙은 누런 치석을 갈고리로 살살 긁어 보았다. 단단한 더께가 꽤 힘을 주어 긁어야 떨어질 듯했다. 잇몸을 살짝 들추면서 갈고리 끝을 들이밀자 그 끝에 치석 층이 걸리는 느낌이 왔다.

대바늘을 반달 모양으로 꼬부려 놓은 것 같은 갈고리. 그 날카로운 끝이 잇몸 사이로 파고들자 녀석은 반사적으로 움찔했다. 나는 지체 없이 갈고리 끝에 힘을 주어 아래로 긁어 내렸다. 새끼손톱 반쪽만 한 누런 더께가 갈고리 끝에 달려 나왔다. 나도 모르게 숨이 멎었고 이마에 진땀이 흐르는 것 같았다. 치과에서 스케일링을 받아 본 사람이면 누구나 쇠갈고리가 잇몸 속 이빨을 긁는 느낌이 얼마나 소름 끼치는지 잘 알 것이다. 틀림없이 그랬을 텐데 녀석은 신통하게 잘 참았다.

시도는 성공이었다. '우리 수니 정말 잘했어! 잘했어!' 나는 입 벌린 손을 풀고 녀석을 한껏 쓰다듬고 어루만지며 거듭 칭찬했다. '자, 조금만 더 해보자.' 두 번째부터는 한결 쉬웠다. 먼저 떨어진 더께 주위의 찌꺼기들을 차례로 떼어 내고 남은 흔적까지 말끔히 긁어내자 하얗고 늠름한 송곳니가 온전히 드러났다.

아마 대부분의 강아지가 강제로 입을 벌리고 갈고리를 들이미는 순간 공포에 질리거나 소름 돋는 금속성 갈고리 느낌에 치를 떨며 발버둥 칠 것이다. 그러니 집에서 누가 섣불리 강아지 스케일링을 할 수 있을 것인가. 수니가 워낙 성격이 차분해서 시도해 본 것인데 녀석이 잘 따르니 일도 아니었다.

어금니에 붙은 치석 더께는 더 두껍고 단단했다. 조심한다고 했는데도 잇몸 몇 군데에서 피가 흘렀다. 나는 녀석의 위아래 이빨 전체를 넷으로 나누어 하루에 한 부분만 하기로 했다. 이빨 하나를 하고 쉬고 또 쉬었다 하고 해서 한 부분을 마치는데 한 시간 정도가 걸렸다.

끝나고 나면 녀석이 제일 좋아하는 소시지 간식을 상으로 주고, 입가심하라고 오이 한쪽을 덤으로 주었다. 오이는 제 방식으로 물고 가서 엎드린 뒤 두 앞발로 세워 잡고 아작아작 베어 먹었다. 그렇게 나흘 만에 스케일링을 마쳤다. 치주염이 낫고 깨끗한 이를 되찾으니 고약한 입 냄새도 자연히 사라졌다.

수니는 배변판을 싫어했다. 싫어한다기보다 무서워하는 것 같았다. 가능성을 보기 위해 그 위로 올라가라고 해보았지만 절대 제 발로는 올라가지 않았다. '이제 여기서 쉬하고 응가도 해야 돼.' 하면서 안아서 올려놔 봤더니 화들짝 놀라며 뛰어 내려왔다. 그리고 귀를 뒤로 접고 납작 엎드려 부들부들 떨기까지. 녀석의 배변 트라우마 원흉이 바로 그거 같았다. 새것이라 아까웠지만 훗날을 기약하고 그것을 뒷방 창고에 갖다 감추었다.

다행히 패드는 거부하지 않았다. 그리 올라가라면 올라가고 거기 앉으라면 앉았다. 물론 거기에 용변을 보는 일은 없었지만 거부하지 않는 것만으로 희망이었다. 용케 녀석이 온 후 한 번도 많은 비가 온 적은 없어서 날이 새자마자 문을 열어 밖에서 용변을 보도록 했다. 그래도 여간 번거로운 일이 아니었다. 앞으로 비가 오는 날, 그리고 추운 겨울에는 어쩔 것인가. 신장염 걱정이 아니라도 실내 배변 습관은 절실했다.

'그래 누가 이기나 한번 해보자.' 나는 마음을 독하게 먹고 녀석만 남겨 둔 채 집을 하루 비우기로 했다. 미리 사료를 듬뿍 먹이고 밥그릇, 물그릇을 가득 채운 후 오랜 만에 서울로 올라가 하루를 지냈다. 현관문만 잠그고 집 안의 모든 방문을 다 연 채 거실을 중심으로 내 눈길이 닿지 않는 곳마다 패드를 깔아 두었다. 불쌍한 생각이 들었지만 함께 긴 날을 살아가야 할 일을 생각하면 어쩔 수 없었다.

결국 영악한 인간인 내가 이겼다. 수니는 뒷방 곁에 딸린 간이 화장실을 제 배변 장소로 선택했다. 내가 서재 겸 침실로 사용하는 안방에 딸린 화장실은 거실에서는 보이지 않아도 내 발길이 잦은 곳이었다. 거실과 연결된 주방엔 은밀한 구석이 없고, 뒷방은 주방에서 바로 보였다. 그 방을 살짝 꺾어 돌아 변기 하나만 달랑 들여놓은 화장실이 있는데 그곳은 거실에서는 물론 주방에서도 바로 보이지 않았다. 거기 깔아 둔 패드 위에 녀석은 응가를 무더기로 쌓아 놓고 쉬도 넘치게 누어 놓은 것이었다. 그것을 보는 순간 나는 만세를 부르다 못해 뒤로 벌렁 드러누웠다.

"수니야, 해냈구나."

나는 수니를 그 화장실 앞으로 안고 가 함께 뒹굴고 간식을 주고 하면서 미친 듯이 칭찬했다. '갑자기 웬 난리예요?' 내 계략을 모르는 녀석은 그저 꼬리를 흔들며 좋아했다.

그러나 그게 완전한 승리는 아니었다. 이렇게 테이프를 끊었으니 이제부터는 당연히 집 안에서 그곳에 용변을 볼 줄 알았지만 나와 함께 있는 동안은 그곳을 사용하지 않았다. 어쩐다, 난감했다.

또다시 비상수단을 쓸 수밖에 없었다. 함께 있으면서 현관문을 열어 주지 않는 것이었다. 녀석은 날이 새면 당연히 문을 열어 줄 줄 알고 문 앞에서 기다리곤 했다. 그렇게 하루가 지난 후, 녀석이 귀를 접고 엎드리는 행동을 하기에 얼른 가 보니 어느새 그 화장실에 응가와 쉬를 해 놓은 것이었다. 나는 즉시 녀석을 칭찬하며 두둑하게 보상을 해 주었다.

나는 녀석이 언제 어떻게 화장실로 가는지가 궁금했다. 그걸 눈으로 확인해야 녀석의 트라우마를 조금이나마 덜어 줄 방법이 떠오를 것 같았다. 궁리 끝에 안방 벽걸이 거울의 도움을 받기로 했다. 거실 소파에 앉아서도 사각지대인 구석 화장실 안이 비치는 위치에 그 거울을 세웠다. 그러고는, '나는 수니한테 관심 없다. 주구장창 여기 앉아서 TV만 볼 거다.' 하고는 온종일 거실 소파에 앉아 그 거울을 곁눈질했다.

지성이면 감천이라 했던가. 드디어 녀석이 화장실 가는 순간을 포착했다. 내 곁 소파에 엎드려 있던 녀석이 슬그머니 일어나 나를 쓱 한번 올려다보았다. 'TV 재미있나요?' 하듯. 나는 못 본 체하고 TV 화면만 바라봤다. 녀석은 주방 식탁 곁에 있는 제 밥그릇 쪽으로 걸어갔다. 그리고 물을 몇 번 핥아 마시는가 싶더니 슬그머니 내 쪽으로 고개를 돌렸다. '저 뭐 하는지 보고 계신 거 아니죠?' 나는 '몰라, 관심 없어. TV만 볼 거야.'라고 속으로 중얼거렸다.

그 순간 녀석이 이때다 하고 쪼르르 구석 화장실 쪽으로 달려갔다. 화장실 문턱에서 멈춘 녀석은 다시 고개를 돌려 거실 쪽을 바라봤다. 그런 녀석의 모습을 나는 거울을 통해 생생히 보고 있었지만 녀석에게는 내가 보일 리 없었다.

이내 녀석은 화장실 안으로 냉큼 들어갔다. 그리고 패드 요기조기를 킁킁거리다가 '여기가 딱이야.' 하고는 얼른 쭈그려 앉아 쉬를 했다. 그런데 그게 다가 아니었다. 쉬 한 자리를 들여다보고 킁킁 냄새도 맡고 하더니 주둥이로 주변의 무언가를 열심히 쉬 한 자리에 밀어 넣는 시늉을 하는 것이었다. 마치 삽으로 그것을 묻듯이. '저렇게라도 감춰 보려는 것일까.' 옛날 똘방이는 보란 듯이 배변판으로 달려가서 일을 끝낸 뒤 '나 쉬 했어요. 간식 하나 얼른요!' 하면서 얼마나 의기양양했던가. '아니야, 그저 본능일 거야.' 하면서도 나는 또 한번 가슴이 아렸다.

　'이제 안심이야. 아무도 모를걸.' 하면서 녀석이 돌아 나오려고 할 때, 우연인 것처럼 나는 식탁 쪽으로 걸어갔다. 문지방을 넘어오는 녀석의 눈길과 마주치자마자 나는 식탁 위에 미리 잘라 둔 소시지 한쪽을 집어 들었다.

　"수니, 쉬 했구나. 내가 다 봤지롱~"

　녀석이 귀를 접을 새도 없이 나는 소시지를 입에 물려 주고 칭찬 세례를 퍼부었다. 먹성 좋은 녀석은 소시지 조각을 씹지도 않고 단숨에 꿀떡 삼키고는 '하나 더 주시면 안 돼요?' 하면서 앞발을 들고 좋아했다. 나는 얼른 하나를 더 주었다.

　이렇게 수니의 실내 배변 습관은 첫발을 떼었다. 시간이 가면서 하루 한 번이 두 번으로 늘었고, 보통 강아지들처럼 자고 나서, 식사 후 곧바로 배변하는 정상적인 습관이 자리를 잡았다. 하지만 내 눈치를 살피는 버릇은 끝내 고쳐지지 않았다. 내가 지켜보는 것을 눈치채면 화장실로 가다가도 곧바로 되돌아와서 딴청을 부렸다. 그런 모습을 볼 때마다 가슴이 아팠지만 이만큼 변화한 것만으로 얼마나 다행인가.

산딸기 익어 갈 무렵

　뒷산 산책길 가에 눈부시던 벚꽃이 지고 있었다. 바람이 불 때마다 수만 송이 꽃 이파리들은 핑크빛으로 물들인 눈보라처럼 흩날렸다. 때맞춰 숲의 참나무들도 부드러운 연두색 드레스를 벗고 짙은 초록 재킷으로 갈아입었다. 벚꽃이 떨어진 자리, 쪼그맣게 푸릇하던 열매들은 몇 번 비를 맞고 골짜기 여기저기서 뻐꾸기가 우짖기 시작하자 달콤 쌉쌀한 즙을 가득 품어 까맣게 영글었다.

　나는 어린 시절 고향 뒷산 능선에서 동무들과 따 먹던 버찌 맛을 잊을 수 없었다. 안골 산책길의 벚나무들은 개량종이라 그 고향 산기슭의 토종에 비해 꽃송이가 풍성하고 열매 또한 실해서 대여섯 알만으로 입안에 한 모금 그득히 즙이 고였다. 추억 속의 버찌에 비해 새콤 쌉싸레한 향기는 덜해도 단맛이 넉넉해서 한 움큼 입안에 털어 넣고 즙을 짜내는 기분은 훨씬 흐뭇했다. 수니는 내가 버찌 즙을 짜 먹고 퉤 하면서 씨앗을 뱉어 낼 때마다 발을 동동 구르며 궁금해했다. 하지만 녀석은 버찌를 먹을 줄 몰랐다.

　"먹어 볼래?"

하고 몇 알을 손바닥 위에 올려놓고 내밀면 덥석 한 입 물기는 하는

데, 곧바로 '이게 뭐야?' 하면서 바닥으로 톡톡 뱉어 버렸다. 손가락으로 터뜨려서 즙을 맛보라고 입에 대 주면 코로 먼저 킁킁거리다가 고개를 절레절레 흔들며 물러섰다. 그 모습이 하도 귀여워서 나는 산책 때마다 그렇게 녀석을 놀려먹었다.

버찌가 다 떨어질 즈음이 되자 숲길 양지쪽에 지천인 산딸기가 익어 갔다. 잘 익은 딸기들은 쌀알 크기의 빨간 톨들이 터질 듯 투명해서 손끝으로 한 알 한 알 더듬듯이 따야 했다. 욕심을 부리고 서둘면 어김없이 가시가 손가락을 찔렀다.

산딸기는 수니도 잘 먹었다. 단내가 물씬 풍기는 딸기를 손바닥 가득 따 들고 오솔길에 쪼그려 앉아 '아빠 한 알, 수니 한 알.' 하면서 나눠 먹었다. 고개를 까딱거리며 얼른 달라고 앞발을 콩콩 구르는 녀석에게 한 알을 주면 신나게 꼬리를 흔들며 냉큼 받아먹었다.

하지만 먹는 모습이 귀엽긴 해도 먹는 방법은 허무하기 짝이 없었다. '아빠처럼 요로케 맛을 봐 가면서 먹지, 그러니?' 어금니로 으깨서 그 즙의 달콤하고 황홀한 향기를 좀 맛보면 좋으련만, '강쥐들은 이렇게 먹는 거예요. 맛있을수록 더 그래요.' 그야말로 개 머루 먹듯 입에 넣자마자 단숨에 꼴깍 삼켜 버리곤 했다.

버찌처럼 딸기도 한꺼번에 다 나서지 않고 햇볕을 많이 받는 순으로 익었다. 그래서 끝물이 질 때까지 나와 수니는 한 달은 족히 호사를 누렸다. 끝물로 갈수록 때깔은 더 진하고 그만큼 더 달았다.

수니는 활기차고 호기심이 많았다. '수니야, 가자.' 하고 사립짝 문을 나서자마자 녀석은 전속력으로 질주하여 저만큼 앞서 달아났다. '아빠랑 같이 가야지!' 나는 외치며 걸음을 재촉하고 녀석은 귀털을 휘날리며 되돌아 뛰어왔다. 그것도 잠시, 숲의 정령들을 다 깨울 기세로 녀석은 오솔길의 앞으로 뒤로 길 밖으로 사정없이 내달리며 자유를 만끽했다. 그 넘치는 활기에 나의 심장도 덩달아 고동쳤다.

　그러다가 녀석이 기어코 방금 전에 지나간 고라니의 자취라도 발견할라 치면, '수니야, 그만. 어서 돌아와!' 하는 외침도 아랑곳없이 숲속 멀리멀리 뛰어가 버리곤 했다. 저쪽 비탈에 겅중겅중 솟구치는 고라니는 제 몸보다 열 배가 넘게 클 텐데도 녀석은 그걸 잡겠다고 사력을 다해 뒤쫓았다. 핏속에 요동치는 조상의 사냥 본능을 주체하지 못하는 것일까. 나는 망연자실 그 자리에 서서 '수니야! 수니야!'를 되풀이하며 10분이고 20분이고 기다려야 했다.

　녀석은 숨을 헐떡이며 기진맥진하여 돌아오곤 했지만 나는 그 무기력한 기다림의 시간 내내 조마조마한 심정이었다. '전 주인과도 이렇게 헤어진 게 아닐까.', '줄로 묶어서 다녀야 하나 어쩌나.' 그래도 녀석은 돌아와 내 발밑에 엎드려 숨을 골랐고 나는 녀석을 쓰다듬으며 안도했다. '아주 고라니를 따라가 버리면 안 돼.' 내가 할 수 있는 조치라곤 녀석의 큰 귀에 대고 이렇게 속삭이는 것뿐이었다. 다행히 녀석은 아주 고라니를 따라가 버리지는 않았다.

집에서 사태봉산 정상까지 늘 다녀오는 코스는 왕복 2킬로미터가 조금 넘었다. 운동 효과를 높이려고 걷는 속도를 올린다 해도 숨이 턱에 차거나 갈증이 심한 정도는 아니라서 빈 몸으로 다녔다. 그런데 이건 내 사정이고, 수니는 나를 앞질러 달렸다가 왔던 길을 되돌아갔다가 길 밖으로 한참을 나갔다 오는 식으로 다녔으므로 활동 거리가 나보다 훨씬 길었다. 게다가 거의 매번 고라니를 추적하는 것까지 계산하면 녀석의 운동량은 나와 비교가 되지 않을 것이었다.

작은 생수 한 병과 고무로 된 야외용 접이식 물그릇을 챙기게 된 것은 그래서였다. 고라니를 쫓아갔다가 헐떡거리며 돌아올 때 '이번에도 놓쳤구나.' 하면서, 그리고 반환점인 사태봉산 정상에 이르러 잔뜩 빼 문 혓바닥에서 침을 뚝뚝 흘리는 녀석에게 '그러니까 아빠만큼만 걷지.' 하면서 그릇에 물을 따라 주었다. 그때마다 녀석은 '바로 이거예요. 아빠, 고마워요.' 하면서 게걸스럽게 물을 핥아 마셨다.

그런데 신기한 것은 그릇에 반병이나 따른 적잖은 물을 사람처럼 꿀꺽꿀꺽 마시는 것이 아니고 소나 돼지처럼 쭉쭉 빨아들이는 것도 아닌데, 그저 찰박찰박 핥는 것만으로 어떻게 금세 바닥이 나도록 비울 수 있는지였다. 나는 그게 궁금해서 물그릇 가까이 얼굴을 디밀고 녀석의 혀 놀림을 살펴봤다.

그럼 그렇지. '아빠 사랑해요.' 하면서 내 손등을 핥듯이, '밥이 늘 모자라요.' 하면서 다 먹고 난 빈 그릇을 바닥이 뚫어져라 핥듯이 그렇게 단순히 핥는 게 아니었다. 혀가 무슨 스펀지도 아닌 바에야 물에 담가서 거기 묻어난 만큼만 훑어 먹는 정도로는 그렇게 빨리 많은 양을 비울 수 없을 것이었다. 자유자재로 늘이고 펼치는 녀석의 혀 놀림은 놀라웠다. 등산을 하는 사람들이 바가지 없이 옹달샘 물을 마실 때 손바닥을 바가지 모양으로 오므려서 퍼 올리는 것처럼, 녀석의 혀는 물 표면에 닿자마자 아주 정교하게 작동하는 표주박이 되는 것이었다.

나는 지금까지 수컷들만 영역 표시를 하는 줄 알았다. 남의 집 사립짝문 머리나 주차장 입구, 축대가 꺾어지는 지점, 전신주, 찻길이 끝나고 밭의 둑이 시작되는 부분, 산길로 접어드는 입구의 큰 참나무 둥치, 산길에서도 갈림길 주변과 특이한 바위 아래에 수니는 열심히 코를 대고 킁킁거렸다.

'어, 여기는 내 전용 포인튼데 어떤 놈이 또 표시를 했지? 아침에 엄마 따라 올라가던 그 초코 푸들 녀석이 틀림없어.', '여기는 한 놈이 아니네. 지나가는 녀석마다 다 찔끔거려 놔서 이 말뚝 곧 썩겠다. 근데 수놈만이 아니잖아.' 진지하기 이를 데 없는 탐색을 이어 가면서 아마도 수니는 이렇게 분석하고 평가하는 것 같았다.

그리고 몇몇 곳에는 녀석도 제 존재를 알리는 표시를 했다. 옛날에 똘방이가 그랬듯이 뒷다리 한 짝을 깃발처럼 높이 쳐드는 대신 정한 지점에 엉덩이를 붙이고 쭈그려 앉아 도장을 찍는 자세로 약간의 오줌을 지리곤 했다.

그럴 때는 내 눈치를 살피지 않았다. '나 지금 쉬하는 거 아니거든요.' 배변 행위가 아닌 영역 표시임이 틀림없었다. 수컷들처럼 시도 때도 없이 찔끔거리지 않는 것도 달랐다. 수니가 표시를 하는 지점은 대개 정해져 있었다. 산길이 시작되는 곳, 평소 가지 않던 새로운 길 주변, 그리고 이정표가 서 있는 고갯마루 등이었다.

이정표가 서 있는 고갯마루는 특별했다. 거기서 수니는 늘 다른 데서보다 오래 서성였다. 네 갈래 갈림길 가운데에 서서 고개를 주억거리며 이쪽저쪽을 살폈다. 주변의 풀잎과 키 작은 나뭇가지들에 코를 대고 킁킁거렸다. 마침내 이정표 기둥 아래 쭈그려 앉아 표시를 한 다음, '저 이리 가 봐도 돼요?' 벌써 고개는 그쪽으로 두고서 나를 슬며시 돌아보고는 도서관 방향의 길을 따라 총총히 걸어가곤 했다.

'분명 이 길에 사연이 있구나.' 그 알 수 없는 사연이 또한 내 마음에 한 자락 쓸쓸한 불안을 일으켰다. 저 길로 가 버릴지도 모른다는. '수니야, 안 돼.' 나는 허락하지 않았다. 사태봉산 정상까지 다녀오는 그날의 산행에 충실하겠다는 의지를 다지며 나는 단호하게 앞서 걸었다. 수니는 곧 돌아서서 나를 따라왔다.

하지만 수니의 의지를 매번 꺾기는 좀 미안했다. '그래, 도서관까지 얼마나 걸리나 가 보자.' 이렇게 한번은 못 이기는 척 녀석을 따라가 보았다. 이정표에 적힌 대로 500여 미터의 오솔길은 꽤 멀었다. 제법 가파른 숲길이 끝나는 지점에 폐쇄된 약수터가 있었다. 앞서 가던 수니는 거기 서서 나를 기다렸다. 거기부터 경사가 완만하고 탁

트인 길이 쭉, 읍내 시가지를 향해 뻗어 있었다. 내가 돌아갈 태세가 아닌 것을 눈치채자 수니는 그 길을 따라 귀 털을 휘날리며 달려 나갔다. 내 걸음도 저절로 빨라졌다.

길은 3층의 도서관 건물을 끼고 설치된 긴 나무 계단으로 이어져 있었다. 읍내 주민들은 이 길로 산을 오르는구나. 계단 아래는 주차장이었다. 수니는 계단 입구에서 내려갈까 말까 망설이다가 흘끗 나를 올려다봤다. 내가 반응을 보이지 않자 녀석은 한 걸음 물러나 앉아 주차장을 물끄러미 내려다보았다. 나도 녀석 곁에 서서 주차장을 내려다보았다.

50여 대가 들어설 만한 주차장은 반 너머가 비었고 들고나는 차는 없었다. 초여름 오후의 햇살만이 가득할 뿐 주위는 고요했다. 여기엔 누가 와서 책을 읽을까. 공기는 맑고 등 뒤에선 지저귀는 새소리, 참으로 복 받은 환경이라는 생각이 들었다. 언젠가 나도 이 도서관에 와 봐야지.

"수니야 가자."

차마 계단을 내려가지 못하고 나는 산길로 돌아섰다. 우리는 아무 일도 없었다는 듯 이정표가 서 있는 고갯마루로 돌아왔다. 그날은 사태봉산을 오르지 않은 채 집으로 향했다.

투명 강아지

　정말로 그렇기야 할까마는 아내는 수니 때문에 오는 횟수를 줄인 것 같았다. 주말마다 와서 내 생활을 챙기겠노라고 했고 처음 한 달은 그랬다. 수니가 오고서부터 아내가 오는 횟수는 2주에 한 번으로 줄었다. 아내도 직장 생활을 하니 주말이면 밀린 집안일이 얼마나 많겠는가. 고3 엄마인 바에야 더 말할 나위가 없었다.

　사실 주말에 내려오면 얼굴 보고, 주로 딸애에 관한 얘기지만 이런 저런 집안 얘기를 하다가 잠자리에 드는 게 다였다. 날이 밝으면 느지막이 일어나서 텃밭의 상추며 방울토마토, 오이 등을 따 가지고 돌아가는 일상 중에 여기서 아내가 특별히 챙길 일은 별로 없었다. 밑반찬이나 건강식은 아내가 싸 들고 오는 것이며, 빨래와 청소 정도는 운동 삼아 내가 감당하기에 충분했다.

　'별일 없지? 이번 주에는 못 갈 것 같네.' 때로 한 주를 건너뛴다고 해도 나는 그다지 아쉬울 게 없었다. 오히려 나는 수니에게 '새엄마 안 온대.' 하고 들뜬 목소리로 속삭이기까지 했다. 특별히 집 안팎 청소에 신경을 쓰고 목욕을 시키고 하는 그날만 되면 시무룩해지던 수니도 '정말요?' 하면서 좋아했다. 나와 수니와 아내 사이에 흐르는 불안하고 긴장된 그 미묘한 기류를 어느덧 우리는 생활의 일부로 공유하고 있었다.

사람 사는 일이 어디 천국처럼 안락하기만 할 수 있겠는가. 이런 갈등쯤이야 마땅히 견뎌야 하고 언젠가는 잊게 되겠지. 나는 희망을 갖고 기다리기로 했다.

이 집에 처음 와서 한동안은 얼마나 막막했던가. 일과 가족, 거기 얽힌 수많은 관계들이 일순간 단절된 상황은 견디기 어려웠다. 어느 날 갑자기 신선이 된 것처럼 고요한 전원에 '짠' 하고 던져진 내 앞에는 광대무변의 시간이 펼쳐져 있었다. 혼란의 도가니 속에서 촌각을 다투며 부대끼는 데 익숙한 나에겐 감당하기 벅찬 신세계였다.

그러나 그 신세계를 채운 것들은 희망과 기대, 새 출발의 설렘이 아니라 수족을 다 떼어 낸 것 같은 허전함이요, 우울하기 짝이 없는 좌절감이었다. 밤이 와도 잠들 수 없었다. 기억 속에 쌓인 욕망의 찌꺼기들은 불안과 분노의 파편으로 변신해 한밤 내내 유령처럼 머릿속을 떠돌았다. 언제까지 이러려나. 불면과 가위눌림의 밤들은 점차 공포로 변해 갔다.

이 깜깜한 지옥의 늪에 환한 등불을 켜들고 나타난 것이 수니였다. 그 가엾고 귀여운 한 마리의 길 잃은 강아지. 발이 만신창이가 된 모습으로 내게 온 녀석은 놀라운 능력을 지니고 있었다. 수니는 그날로 바로 나를 붙잡고 있던 불면과 가위눌림의 악령들을 몰아냈다. 감당하기 어려운 광대무변의 시간 속에 떠돌던 허전함을 일거에 무너뜨리고 그 자리를 기대와 설렘으로 채웠다.

내 몸무게의 1/20밖에 되지 않는 조그만 녀석이 넓게만 느껴지던 집 안과 울안은 말할 것도 없고, 사립짝문 밖 마을길로부터 산기슭 좌우에 펼쳐진 밭들을 지나 숲길로 이어지는 이곳 안골 전체를 희망의 빛으로 가득 채웠다. 지상에 천사가 있다면 내게는 바로 수니일 것이었다.

겪지 않고서는 진실을 알지 못하는 인간의 한계. 나에게 수니가 이토록 절실한 존재이듯이 아내에게도 똘방이가 그랬던 것일까. 그랬나 보았다. 똘방이에 대한 아내의 그 애끓는 상실의 아픔이 몸으로 느껴지기 시작했다.

그러나 아내의 가슴속 깊이 맺혀 있을 아픔을 어떻게 덜어 줄 수 있을지 나는 무력하기만 했다. 그러기에는 너무 늦은 것일까. 내가 그 상처에 뿌린 소금들을 하나둘 깨달아 냈지만 다시 그 상처에 다가가기엔 나는 너무 멀리 떨어져 나오고 말았나 보다.

'새엄마가 수니 곧 예뻐하게 될 거야.' 첫 대면부터 쌀쌀하게 외면당한 녀석을 안고 내가 했던 이 약속은 실현될 기미가 보이지 않았다. 시간이 꽤 흘렀는데도 아내는 여전히 수니를 못 본 체했다. 마당에 있건 방 안에 있건 아내에게 수니의 존재는 없는 것 같았다. 그야말로 아내에게 수니는 '투명 강아지'였다.

겨우 보인다는 관심이, '얘 아직도 있네. 주인한테서 소식 없어?' 이 정도였다. 나도 이미 포기했는데 일부러 그러는 것인지 정말 내 말을 믿고 그러는 것인지 아내는 올 때마다 입버릇처럼 이렇게 말했다. 나는 서운하고 때로 짜증도 났지만 무어라 대거리하지 못했다. 첫 대면하던 날의 히스테리 발작이 재발할지도 모른다는 불길한 예감을 나는 떨칠 수 없었다. 그 반향은 고스란히 수니에게 향할 것이기에 나는 그저 조마조마한 마음으로 아내의 관심이 수니를 비껴가기만을 바랄 뿐이었다.

아내는 수니가 나와 집 안에서 함께 지내는 것마저 싫어하는 눈치였다. '실내견으로는 좀 크지 않아?' 그렇게 느낄 만큼 수니의 덩치가 크지 않은 줄 모르면서 그럴까. 이만한 집이라면 셰퍼드 같은 대형견도 넉넉히 함께 지낼 공간인데. 솔직히 말하자면 눈에 띄는 것조차 싫다는 뜻이 아닌가.

나는 뒤란 처마 한 귀퉁이에 샌드위치 패널로 엉성하게 이어 붙인 창고를 정리했다. 바비큐용 그릴, 갈퀴, 몇몇 농기구, 겨울철 눈치기용 넉가래 등을 한쪽으로 몰아 놓고, 구석구석 쳐 있는 거미줄도 걷어 냈다. 바닥의 묵은 먼지를 쓸어 낸 뒤 돗자리를 깔고 마트에서 대형 종이박스를 얻어다가 나름대로 근사한 집을 만들었다. 그 안에 폭신한 담요 한 장을 깐 다음 수니를 불렀다.

"이거 우리 수니 별장이야. 새엄마 오는 날만 여기서 지내, 알았지?"

나는 수니에게 거기 들어가 보라고 손짓했다. 멈칫멈칫, '뭐예요?

이게. 별장은 무슨, 노숙자 집 같은데요.' 그러면서도 수니는 내가 시키는 대로 그 안에 쏙 들어가 엎드렸다. 그 모습이 눈물이 날 만큼 측은하면서도 귀여웠다.

이후 수니는 아내가 오는 날마다 이 별장에서 혼자 잤다. '오늘 밤만이야. 무서워도 낑낑거리면 안 돼. 심심하면 이거 먹고.' 오리 날개 육포 하나를 입에 물려 주고 돌아설 때마다 나는 마음이 아팠다. 들어와서도 못내 맘이 놓이지 않았지만 녀석은 쥐 죽은 듯이 조용했다.

수니는 낮에 마당에서 놀다가도 아내만 나타나면 냉큼 제 별장으로 뛰어 들어가 나오지 않았다. 그게 없을 때는 어디로 숨을까, 평상 밑으로 갔다가 텃밭 오이 덩굴 아래로 기어들었다가 안절부절못하는 모습이 안쓰러웠는데 잘됐지 뭔가.

아내가 가고 나면 나와 수니는 '해방이다!' 하고 만세를 불렀다. 나는 가끔 생각해 보았다. 아내가 원하는 대로 수니의 전 주인이 지금 나타난다면 어떻게 할까. 수니를 데려가겠다고 한다면 나는 '아이고 고맙습니다.' 하고 내어 주게 될까.

수니가 들으면 서운해할지도 모르겠지만 이웃들이 장담한 대로 어느새 나는 그 주인이 나타날 리 없다고 믿고 있었다. 내 딸, 우리 수니. 누가 뭐라고 해도 나는 수니를 보내지 않을 것이다.

4. 사랑의 계절

수니의 전성시대

아내에게는 투명 강아지일지라도 수니는 마을의 유명 인사가 되었다. 커다란 두 귀를 쫑긋 세우고 파란 잔디밭이나 테라스에 우아한 자태로 앉아 있는 모습을 보면서 감탄하지 않는 사람이 없었다. 외모만 눈부신 게 아니라 누구에게나 격의 없이 다가가는 살가운 몸짓에 어찌 사랑스런 마음이 솟아나지 않을 것인가.

'아이고, 어쩜 이렇게 예쁘니 그래.', '예쁘기만 한 게 아니라 사교성도 만점이로구나.' 수니를 처음 본 사람들의 반응은 열이면 열 다 이랬다. 수니에게 보내는 그들의 찬사는 그대로 나에 대한 찬사요 부러움의 표현으로 들렸다. '내가 얘 아빠거든요.' 그들의 기쁨어린 미소만큼이나 내 마음도 환하게 밝아지곤 했다.

수니는 아이들과 참 잘 어울렸다. 솜사탕처럼 부드러우면서도 생기발랄한 몸짓으로 다가가는 수니와 '까르르……' 아이들의 때 묻지 않은 동심이 어울리는 모습은 천상에서나 볼 수 있을 것 같은 아우라를 자아냈다. 고사리 손길들이 귀를 어루만지고 이마를 쓰다듬고 겨드랑이를 간질이다가 마침내 벌렁 드러누운 몸통을 '어이차' 하면서 끌어안을 때쯤 수니는 날쌔게 깡충 뛰어 아이들의 품을 빠져나갔다.

아이들은 깔깔거리며 쫓아가고 '나 잡아 봐라, 멍멍.' 하면서 녀석은 적당한 거리를 두고 마당을 맴돌았다.

어른들은 평상에 앉아 이렇게 한바탕 펼쳐진 천국의 화원을 흐뭇한 눈길로 바라봤다. 나는 날로 뜨거운 양기를 더해 가는 햇살에 하루 손가락 두 마디씩은 자라서 어느새 텃밭 한 자락을 가득 채운 상추 잎을 솎아 아이 엄마들에게 나누어 주었다. '너무 많이 심어서요. 맛이나 보세요.'

수니를 처음 본 사람들이 이렇다면, 저간의 사연을 알고 있는 이웃들의 눈길은 좀 달랐다. 다들 수니를 우리 가족으로 인정하기는 했지만, '너 참 주인 잘 만나서 호강한다, 얘.' 하면서 한 걸음 떨어져 바라봤다. 수니도 이런 분위기를 느끼는 것일까. '어찌 이렇게 참한 강아지를 버렸을까, 그래.', '애초에 키우지를 말지…….' 아는 체를 하는 수니 앞에서 이웃 아주머니들이 무심코 이렇게 소곤거리기라도 하면, '그런 말 하지 마세요. 우리 아빠는 그거 안 믿어요.'라고 항변하듯 내게 쪼르르 달려와 발밑에 엎드렸다.

"그러엄. 우리 수니, 아빠 강아지지요."

나는 녀석을 안고 이렇게 토닥토닥 달래 주었다.

수니는 다른 강아지들과도 스스럼없이 어울렸다. 산책길에 나선 아래 동네 강아지들이 지나가면, '반가워. 너는 어디 사니?' 먼저 다가가 코를 맞대고 발로 툭툭 치기도 하면서 인사를 건넸다. 수니의 이런 행동에 반은 호응하고 반은 데면데면했다. 그중 낯가림이 심한 녀석은 '앙!' 하고 공격적인 태도를 보이기도 했다. 그러면 수니는 더 이상 귀찮게 하지 않고 얼른 돌아서서 안으로 들어왔다.

이런 수니가 똘이와 친해진 것은 자연스런 일이었다. 밭의 작물들이 번성하면서 벤츠 아저씨네도 분주하게 텃밭을 오르내렸다. 번쩍거리는 세단을 타고 올 때나 바구니 든 엄마를 따라 쫄랑쫄랑 걸어오거나 똘이는 어김없이 우리 집 사립짝문을 들어섰다.

똘이와 처음 만나던 날, 테라스에 앉아 있던 수니는 마당에 들어오자마자 다짜고짜 응가부터 하는 녀석을, '힐~ 똥 싸러 왔나.' 하는 표정으로 물끄러미 지켜봤다. 그리고 녀석이 뜰 안 구석구석 탐색에 들어간 사이 조용히 녀석이 싸 놓은 응가 쪽으로 걸어갔다. 거기에 코를 대고 킁킁대던 수니는 '별거 없네. 그냥 응가일 뿐이잖아.' 앞발을 구르고 체머리를 흔들며 '췟, 췟' 콧바람을 불어 댔다. 수니를 발견한 똘이가 귀를 쫑긋 세우며 멈칫했다. '짝귀에, 수줍음도 많고……' 수니가 먼저 다가가자 머뭇거리던 녀석도 '너 참 예쁘구나.' 하면서 코를 마주 댔다. 그리고 '뭐지, 이 끌림은?' 두 녀석은 단박에 꼬리에 꼬리를 좇으며 맴을 돌았다. 지켜보던 똘이 엄마가 손을 내두르며 말했다.

"쟤들 한눈에 반했나 보네. 신랑 각시 하면 되겠다. 크기도 비슷하고."

"그러게요."

맞장구는 쳤지만 솔직히 똘이가 수니 짝으로 흡족하지는 않았다. 먹물 통에서 건져 낸 것처럼 새까만 외모가 우선 마음에 들지 않았다. 나와 알게 된 지 꽤 됐는데 아직껏 쓰다듬으려는 손길 한 번 허락하지 않는 낯가림 때문인가, 녀석의 속도 검을 것 같은 생각이 들었다. 매번 들어와서 응가를 하는 꼴도 보기 싫었다. 아저씨, 아주머니만 아니면 당장 내쫓았을 것이다. 수니가 좋다고 하니 그냥 오며 가며 알고 지낼 친구 하나 사귀어서 다행이기는 했다.

하지만 수니 마음은 다른 듯했다. '너는 왜 이렇게 까만 거니? 나름 매력 있다, 얘.' 이런 것인가. 집 앞을 지나다니는 여러 차들 중에서 똘이네 벤츠의 엔진 소리를 기억하고, 의사 며느리 할머니 댁 앞쯤부터 엄마 따라 올라오는 녀석의 냄새를 읽어 내고는 앉아 있던 테라스나 잔디밭에서 부리나케 사립짝문께로 뛰어나가곤 했다. 그럴 때마다 왠지 모르게 서운하면서도 그런 모습이 귀엽고 대견했다. 내가 녀석과 더불어 이곳에 정을 붙이게 된 것처럼 녀석도 누군가를 그리워할 정도로 이제 이곳을 제 안착할 보금자리로 굳힌 것 같았다.

두 녀석이 만나면 늘 같은 패턴으로 어울렸다. 먼저 코를 맞대고 확인한 뒤 서로 입술을 찡긋거리며 발 구르기, 이어 정성껏 입 주위며 눈, 귀 핥아 주기, 그러다가 갑자기 싸우는 건지 장난치는 건지 모르게 뒷다리로 서서 앞발로 치고받으며 으르렁대기, 이내 똘이 녀석이 '예쁜 엉덩이 한번 보자.' 하면서 수니의 엉덩이에 코를 들이밀면 수니는 달아나기, 집요하게 따라붙은 녀석이 마침내 수니를 올라 타면 '뭐 하는 짓이야 이게. 앙!' 하고 야멸차게 뿌리치기, 그러면 녀 석은 무안해서 슬금슬금 물러나기.

대개 이런 어울림 한마당이 끝나면 똘이는 제 엄마 아빠를 따라 밭이나 집으로 돌아가고 수니는 상기된 모습으로 달려와 내 무릎 아 래 엎드렸다. 때로 똘이 엄마가 '수니야, 똘이 따라 갈까?' 하면서 같 이 가자고 손짓을 했다. 나도 장단을 맞추느라 '그래, 똘이 따라 가 봐 수니야.' 하면 녀석은 사립짝문 밖으로 여남은 걸음 따라가다가 '아니거든요.' 하면서 휙 돌아서서 집 안으로 달려왔다.

수니로 인해 똘이가 달라진 것이 있었다. '그러면 네 각시가 미워 해, 이놈아.' 똘이 엄마가 맘먹고 나무란 끝에 녀석이 마당에 응가하 는 버릇을 고친 것이었다. 수니는 어떨지 모르겠지만 나는 매번 모종 삽으로 담아다가 텃밭 귀퉁이를 파고 묻는 수고를 덜게 되었다.

그 푸르고 행복한 날들

그날 아침 수니가 밥을 남겼다. 남은 사료를 손가락으로 이리저리 휘저어 보고 냄새도 맡아 보았다. 밥그릇에도 사료에도 새로운 게 없었다.

"왜 그래 수니야. 어디 아프니?"

'그냥 뭐, 그래요.' 제 방석에 앞발을 쭉 뻗고서 턱을 괸 모습이 어째 다른 날보다 활기가 없어 보였다. 녀석의 화장실로 가 보았다. 일어나서 바로 치운 것 말고는 새로 본 용변은 없었다. 거실로 돌아와 소파에 앉아 녀석을 부르려는데, 녀석이 즐겨 앉아 밖을 내다보는 창쪽 자리 방석에 영산홍 꽃잎 같은 빨간 핏자국이 눈에 들어왔다. 그것도 세 개씩이나.

가슴이 철렁했다. '이게 무슨 일인가.' 나는 엊저녁부터 녀석에게 주었던 사료며 간식들을 되짚어 보면서 다시 화장실로 뛰어갔다. 패드 바깥 주변까지 샅샅이 살폈지만 혈변의 흔적은 찾을 수 없었다. '너 어디서 피가 난 거니?' 상태를 보려고 다가가자 녀석이 먼저 벌렁 드러누웠다. '자, 보세요. 어쩌라고요.' 발갛게 생식기가 눈에 띄게 부풀어 올라 있었다.

휴, 나는 안도하고 녀석의 배를 톡톡 두드려 주었다. 말로만 듣던 생리가 터진 것이었다. 인터넷의 애견카페, 블로그, 동물병원 홈페이지에서 알려 주는 정보는 차고 넘쳤다. 거의 혼자 사는 환경이라 녀석에게 생리대를 채우는 유난은 떨지 않기로 했다. 제가 알아서 수시로 핥아 청결에 힘쓸 뿐더러 낮에는 대부분 밖에서 지냈다. 그러고도 집안 곳곳에 남기는 자국이야 잘 닦고 세탁하면 되리라. 고작 2주일 정돈데.

녀석의 입맛을 돌게 할 특식을 만들었다. 냉동실 깊숙이 잠자고 있던 황태포를 꺼내 한나절 물에 담가 염분을 뺀 뒤 양배추와 당근을 썰어 넣고 푹 끓였다. 혈당 조절에 도움이 되는 음식이라 나도 같이 먹으려다 보니 큰 냄비에 한 가득이 되었다. 맛은 그저 그래서 나는 즐겨 먹지 않았으나, '아빠 요리 짱이에요.' 수니는 꿀맛인 모양이었다. 영양 균형을 맞추려고 사료와 반반 섞었더니 일주일 넘게 먹일 수 있었다.

유월도 중순으로 접어들었다. 잔디밭은 서른 평 남짓밖에 되지 않지만 깔끔하게 관리하기는 쉬운 일이 아니었다. 민들레, 쇠뜨기, 질경이에 클로버 줄기까지. 뽑고 또 뽑아도 자고 나면 새로운 싹들이 여기저기서 게릴라처럼 준동했다.

클로버는 그중 지독했다. 이놈의 삼 줄기같이 질긴 뿌리줄기는 잔디 뿌리 사이사이를 비집고 그물망을 구축하며 이쪽 끝에서 저쪽 끝까지 마당 전체로 종횡무진 뻗어 나갔다. 호미로 한 포기씩 쏙쏙 캐낼 수 있는 게 아니요, 호미 끝이나 손가락으로 줄기를 걸어서 당기면 뚝뚝 끊어지기나 할 뿐 한 가닥이나마 제대로 뽑힐 줄을 몰랐다. 그 짓을 반복하다가 나중에는 화가 나서 땅 위에 무성한 잎줄기만 쥐어뜯게 되는데 이게 바로 이놈이 노리는 것이다. 제대로 이놈을 제거하려면 잔디와 함께 일대를 갈아엎고서 뿌리를 추려 내는 수밖에 없다. 땅 위에 자란 가녀리고 보드라운 잎줄기 무리에 반해서 '나중에 네잎클로버나 찾아볼까' 했다가는 네잎클로버 한 잎 값으로 잔디밭을 통째로 놈들에게 넘기고 만다.

잡초에 밀릴세라 기를 쓰고 키를 키우는 잔디는 늦어도 보름에 한번씩은 깎아야 했다. 그렇게 하지 않으면 자고 난 선머슴 머리처럼 어수선해진다. 의사 며느리 할머니 댁에서 빌린 구식 수동 밀대로 대세를 잡은 뒤에 밀대가 닿지 않는 부분들은 전지가위로 일일이 싹둑싹둑 잘라 내야 했다. 그래야 하다 만 것 같지 않게 깎은 모양새가 났으므로 서둘러도 한나절이 걸렸다.

누가 손바닥만 한 텃밭이라 했던가. 집들이 파티 날 토박이 아저씨가 '애걔' 하면서 둘러봤던 조각 밭들은 전성기를 맞은 채소들로 울안을 풍성하게 감싸 안았다.

포기마다 키가 크면서 따면 나고 또 나고 해서 대여섯 포기만 심어도 됐을 것을, 세 식구 넉넉히 뜯어 먹자며 열두 포기짜리 모종 두

판을 사다 심은 상추밭은 감당하기 벅찬 상추 농장으로 변했다. 상추쌈, 상추 겉절이, 상추 샐러드, 상추 부침 등으로 질리게 먹으면서도 태반이 남아돌아 산책 나온 이웃들에게 뜯어가라고 권해야 했다.

고추와 오이, 가지들은 아침에 본 어린 것이 저녁이면 따도 될 만큼 자라 빼곡한 제 자리가 좁다고 아우성치고, 방울토마토도 푸른 끼를 벗고 빨갛게 노랗게 익어 가기 시작했다. '호박은 여기다 심어야 잘돼요.' 똘이 엄마가 자기네 밭에서 옮겨다 심은 다섯 포기의 호박 넝쿨 역시 돌 축대 사이사이로 뻗어 나가 무성하게 제 영토를 이룩했다.

수시로 밭고랑 사이사이 풀을 매고 북을 돋우고 지주대를 세워 왕성하게 뻗어 나가는 가지와 줄기들을 보듬는 일도 햇살이 뜨겁지 않은 아침저녁 시간만으로는 부족했다. 아침마다 울안에서 재재거리는 그 많은 새들은 다 뭘 하는지, 농약을 치지 않아 작물에 꾀는 벌레들을 일일이 손가락으로 집어내야 했다. 에효, 빈 밭을 빌려주겠다던 토박이 아저씨 말 듣지 않기를 잘했지. 그랬다가는 요양이 아니라 그야말로 귀농이 될 뻔했다.

이맘때, 어린 시절 고향 집 우물가의 앵두나무는 동네 아이들에게 부러움의 대상이었다. 언제 익나 하고 앵두가 주저리주저리 열린 우물가를 맴도는 아이들을 향해 어머니는, '선 열매 먹으면 똥 싸, 이놈들아.' 하면서 손사래를 치곤 하셨다. 나는 앵두가 익을 때까지 기다리지 못하고 동무들과 합세해 한 움큼씩 따서 달아나곤 했는데, 그

시큼 떨떠름한 설익은 맛이 잘 익은 단맛보다 더 기억에 남아 있다.

지금 이 뜰 안의 앵두가 터질 듯 빨갛게 익었지만 어린 시절에 몰래 따 먹던 설익은 그것보다 맛이 덜한 까닭은 무엇일까. 집 앞을 지나는 사람마다 그 화사한 빛깔과 풍요로움에 감탄의 눈길을 보내지만 막상 '따 가세요.'라고 하면 몇 알 따서 맛을 보고는 '보기하곤 다르네.' 하는 표정을 짓곤 했다.

이렇게 평화로운 날들이 이어지면서 내 건강도 많이 좋아졌다. 제일 큰 변화는 체중 감량이었다. 저탄수화물 고단백 위주의 식이요법을 잘 지키고 텃밭에서의 노동과 뒷산 산행을 꾸준히 이어간 데 따른 은혜는 예상을 뛰어넘었다. 거추장스럽기만 하던 뱃살을 비롯해 온몸 구석구석 쌓였던 지방 찌꺼기들이 두 달 만에 8킬로그램이나 빠져나갔다. 혈압과 혈당 수치가 정상 범위에 근접했다. 내게도 그런 때가 있었나 싶게 '불면'은 이제 낯선 기억이 되었다.

몸이 가벼워지고 잠을 잘 자니까 정신이 따라 맑아졌다. 정신뿐만 아니라 눈, 귀도 밝아졌다. 이곳에 처음 왔을 때, 밤에는 그저 적막한 줄만 알았는데 그 적막의 베일 뒤에 숨어 있던 신비의 세계가 하나둘 정겨운 모습으로 다가왔다.

'솟쩍, 솟쩍…….' 두견새는 마을 근처에서 대개 초저녁에 울었다. '쭊쭊쭊~ 쭊쭊쭊쭊' 어쩐지 무섭게 생겼을 것 같은 이 새소리는 좀 더 먼 골짜기에서 들려왔다. 새뿐만 아니라 '괘액! 괘애액!' 날씬하고 귀여운 외모에 어울리지 않게 돼지 멱따는 소리 비슷한 고라니들의 절규도 그쯤에서 들려왔다. 그리고 이 짐승들의 외침 사이사이, 잠 깬 활엽수들이 수런거리는 어깨 위로 밤바람 무리가 긴 보랏빛 망토 자락을 휘날리며 지나갔다.

새들의 합창 속에 아침 해가 솟아오르듯 도란도란 집집 창마다 켜진 다정한 불빛 너머 드높이, 속살거리는 별무리 속에서 영원한 추억의 강이 흐르고 있었다. 마을 앞에 흐르는 강물을 계속 거슬러 올라가면 마침내 새벽에 토끼가 세수하러 내려오는 옹달샘 가에 도달하겠지. 토끼는 왜 세수는 안 하고 물만 먹고 갔을까. 그 물이 꿀처럼 달콤하기 때문이겠지. 이런 상상의 나래를 펼치던 소년은 늙지 않고 거기 그대로 있었다. '오줌 쌀까 봐 밤새 물을 안 먹어서 그렇지.' 이렇게 종알거리던 딸애는 지금 공부 잘하고 있으려나.

내가 앉은 현실의 평상에는 나와 나란히 앉아 밤하늘을 바라보는 수니가 있었다. '너는 무슨 꿈을 꾸니?' 그런 수니를 돌아보며 머리를 쓰다듬으면 그저 고 촉촉한 코로 내 손등을 콕콕 두드리다가 따뜻한 혀를 내밀어 살며시 핥았다. 나는 알고 있었다. '엄마요. 늘 헤어진 엄마를 생각해요.' 나는 침묵의 미덕을 아는 이 사랑스런 녀석을 품에 꼭 껴안고 이슬 머금은 잔디밭을 건너 들어와 TV를 켰다.

빛과 그림자

그저 때깔만 고운 앵두 곁에 '나도 있잖아요!' 하면서 활짝 벌린 가지들마다 주저리주저리 매달린 보리수 열매는 기대 이상의 매력 덩어리였다. 어른 새끼손가락 끝마디만 한 굵기로 앵두 알보다 실할 뿐만 아니라 빨간 살갗에 뽀얀 바늘 끝 점무늬들로 화장한 열매는 보기보다 맛이 좋았다. 무르익어 자칫 터질까 불안한 채 검지와 엄지로 잡은 통통한 살집의 촉감은 혀끝에 닿기도 전에 입안을 설렘으로 가득 채웠다. 혀와 잇몸 사이에서 솟구치는, 신맛에 실린 오묘한 향과 이내 그 향을 푸근히 감싸는 단맛. 이제껏 어떤 과일로도 상상할 수 없었던 바로 아내가 좋아할 맛이었다.

'한 해가 달면 다음 해는 싱거워요. 단 해에는 잼을 만들고 싱거운 해는 그냥 술을 담가요.' 똘이 엄마 말대로 올해는 단 해인가 보다. 나는 한 움큼 따 들고 테라스 의자에 수니와 나란히 앉아서 '수니 한 알, 아빠 한 알.' 하면서 맛을 봤다. 수니는 고 귀여운 앞발을 발발거리며 '수니는 두 알, 아빠는 한 알.' 하고 보챘다.

'바로 이거야!' 나는 멀리서도 한 아름 가득 품어지는 이 보석 구슬 무더기를 휴대폰 화면에 넘치도록 찍어서 아내에게 보냈다. '잼

만들고 술도 담그자. 당뇨에 좋은 약술이래.'

유인책은 주효했다. 아내는 기대에 차서 보리수를 따러 왔다. 20여 년 전 어느 봄날 우리가 처음 만나던 때의 푸릇한 수줍음을 떠올리며 달뜬 미소를 머금고 왔다.

"미안해, 자주 못 와서. 종합소득세, 지방세 납부 기간이잖아. 알바 쓰는 데도 일손이 모자라네."

병든 남편을 홀로 떼어 놓았으니 늘 앙금으로 품고 있을 그 속마음을 내가 왜 모르리. 모처럼 멋을 낸 아내의 화사한 차림만큼 우리는 눈부신 봄볕 속에서 보리수 열매 따기에 여념이 없었다. 여기저기, 요리조리 재빠른 놀림으로 한 움큼씩 훑어 내는 아내의 손길에 맞춰 나는 휘파람을 불었다. '고개 너머 또 고개 아득한 고장……' 아내가 한껏 감정을 살려 따라 불렀다. '아카시아 흰 꽃이 바람에 날리니 고향에도 지금쯤 뻐꾹새 울겠네……'

이런 여유와 정겨움이 얼마만인가. 전원에 사는 보람이요 예기치 않은 자연의 선물에 우리는 부자가 된 것 같았고 행복했다.

"정말 많이도 열렸네. 따도 따도 그대로야."

"이제 그만 남겨 두자. 똘이 엄마 따다가 잼 만들게."

"아유, 어찌 이리도 탐스럽니!"

아내는 우리의 풍성한 수확 바구니를 들여다보며 탄성을 발했다. 하지만 그 기쁨의 탄성은 뒤이어 터진 날카로운 비명에 묻혀 버렸다.

"아악, 뭐야!"

아내가 안고 있던 우리의 소중한 바구니는 허공에 내팽개쳐졌고 거기서 흩뿌려진 보리수 알들이 파란 잔디밭을 온통 붉게 물들였다. '깨갱!' 언제 왔는지 귀를 뒤로 접은 수니가 부리나케 뒤란으로 달아나고 있었다. 얼굴을 찡그린 채 아내는 치맛단 아래 드러난 한쪽 종아리를 연신 손바닥으로 문질렀다.

"왜 그래? 쟤가 물었어?"

나는 허리를 굽히고 아내의 종아리를 살피며 손을 갖다 댔다.

"그 손 치워!"

아내는 내 손을 거칠게 뿌리치고 팔짱을 낀 채 쌩하니 집 안으로 들어가 버렸다. 눈부신 햇빛 아래 뜰 안의 앵두며 보리수는 여전히 풍성했으나 갑자기 초라해진 나는 아내의 위태해 보이는 뒷모습을 멍하니 보고 서 있었다.

저만치 나뒹군 바구니를 가져와서 흩어진 열매를 주어 담으며 내 머릿속은 어지러웠다. 수니는 노래까지 부르는 단란한 분위기에 힘을 얻었으리. 큰맘 먹고 제 별장에서 기어 나와 살며시 손을 내밀어 보았구나. 물기는커녕 기껏해야 고 촉촉한 코로 톡톡 건드렸든지 혀로 한번 핥았을 텐데 그게 어찌 이토록 발작을 일으킬 일인가.

나는 무거운 마음으로 집 안에 들어왔다. 아내는 어두침침한 침실 한구석에 쪼그려 앉아 머리를 무릎 사이에 묻은 채 미동도 하지 않았다. 조심조심 다가가기는 했지만 손을 댈 수도 뭐라 말을 할 수도 없었다. 신음 소리처럼 아내가 중얼거렸다.

"무서워, 무서워……."

가슴이 에이는 것 같았다. 어디서 들었던가. 문득 '펫로스 증후군'이란 말이 떠올랐다. 아, 그게 이렇게나 깊을 줄이야. 똘방이와 함께했던 시간들이 뇌리를 스치면서 새삼 한없이 죄책감이 밀려왔다. 지금 내가 할 수 있는 게 무엇일까. 나는 아내에게서 발길을 돌려 다시 밖으로 나왔다.

내가 사립짝문을 나서자 수니가 뒤란으로부터 쏜살같이 달려왔다.

"쉿, 아빠 금방 올 거야. 들어가 있어."

나의 어두운 표정과 손짓을 읽은 수니는 힘없이 돌아서서 뒤란으로 갔다.

뒷산 쉼터까지 다녀오는 내내 내 머릿속은 복잡했다. 아내는 외롭다. 건강을 되찾아야 할 남편과 딸애의 입시 준비 스트레스로 인해 늘 불안하고 초조하다. 직장의 바쁜 일상이 덮어 주고 있지만 오늘처럼 한가로울 때 오히려 그의 고독은 증폭된다. 이 안락한 평화 속에 똘방이가 없기 때문이다. 똘방이가 있어야 할 자리에 수니가 있다니. 그 낯설음을 용납할 수 없는 것이다. 우리 가족의 울타리 안으로 침입해 들어와 내 생활의 일부가 돼서 똘방이의 추억마저 빼앗아 버린 수니. 그것을 질투라고 해야 좋을까. 똘방이에게는 수니에게 베푸는 반만큼의 애정도 주지 않은 나에 대한 분노라고 해야 좋을까. 느닷없이 절망의 벼랑으로 밀어 넣는 아내의 발작은 내 상상이 닿지 않는 영역이었다. 투명 강아지가 아니라 수니는 아예 없어야 할 존재인지도 몰랐다.

어찌하면 좋을까. 심리 치료에 대해 말해 볼까. 하지만 그것이 얼마나 도움이 될까. 얼마간 희석 효과는 있겠지. 결국 위대한 치료사인 시간에 맡길 수밖에 없을 듯했다. 그래, 시간만이 유일한 희망이다. 절실한 모든 것들을 무디고 희미하게 만들어 줄 그 시간의 저편에 이르기까지 나도 할 수 있는 것을 해야겠구나.

나는 다시금 민규와 그의 누나가 운영한다는 '천사들의 쉼터'를 떠올렸다. 그리로 수니를 데려가려던 날을 상기했다. 아주 보내려던 그때의 계획과는 달리 아내의 마음이 건강해질 때까지만 거기에 맡기면 어떨까. 이런 이기적인 제안을 민규 누나는 받아들일까. 수니는 또 어떤 몸짓으로 내게 호소할까.

아내는 올 때의 말쑥한 차림으로 소파에 앉아 있었다.

"괜찮아?"

"응, 좀 잤어. 요즘 통 잠을 못 잤거든."

좀 전에 어떤 일이 있었는지조차 모르는 양 멀쩡했다. 그보다 그저 멍한 상태 같다고나 할까. 아내는 이내 자리에서 일어났다.

"집에 가져온 일이 좀 있어. 빨래도 밀렸고."

아내는 서둘러 사립짝문을 나섰다.

"피곤하지 않아? 내가 운전해서 같이 갈까?"

아내는 말없이 고개를 가로저었다. 나는 보리수 열매 몇 움큼 새로 따 담은 봉지를 딸애 갖다 주라며 내밀려다가 얼른 허리춤으로 감추었다. 아내가 운전대를 잡은 채 뒤란 쪽을 흘끗 돌아보며 이렇게 말했던 것이다.

"쟤하고 잘 살아."

그 말은 수니가 있는 한 다시는 오지 않겠다는 선언처럼 들렸다. 아내의 자동차가 멀어지는 모습을 나는 쓸쓸히 바라봤다.

사랑이 죄인가요

하루는 수니가 우편함을 올려다보면서 발을 콩콩 구르고 멍멍 짖기까지 했다. 기껏해야 한 달에 한 번 전기세, 수도세 고지서가 들어 있는 게 다인데, '이 녀석이 이제 우편물 온 것까지 알려 주나.' 하면서 건너다 봤으나 아무것도 없었다. 내가 더 관심을 보이지 않자 '그게 아니고요.' 수니는 거듭 발을 콩콩 구르고 뛰어오르고 난리가 아니었다.

'그래, 한번 보자꾸나.' 하고 우편함을 들여다보려는 순간, 새 한 마리가 거기서 나와 포로롱 날아가는 게 아닌가. 참새만큼이나 통통하고 얼굴은 뽀얀데 날개와 목둘레에 검푸른 반짝이 스카프를 두른 박새였다. 아하, 자세히 들여다보니 안쪽 끝에 방금 날아간 놈이 지었음에 틀림없는 쪼끄만 둥지가 있었다.

새 생명이 집에 깃들었으니 이 아니 길조인가. 나는 즉시 안으로 들어가 '우편함에 새가 둥지를 틀었습니다. 우편물은 여기에 넣어 주세요.' 이런 알림문을 써서 비닐봉지 하나와 함께 우편함 귀퉁이에 걸었다.

그리고 수니를 우편함 앞에 앉혀 놓고 검지를 입에 대며 '쉬잇! 알았지?' 이렇게 일렀다. 녀석은 고개를 갸웃하더니 '뭐야, 침입자예요.'

하면서 다시 발을 콩콩 구르며 우편함을 향해 뛰어오르려 했다. '안 돼. 쉿, 좋은 손님이야.' 나도 녀석에게 질세라 다시 한번 검지를 입에 대고 주의를 주었다. 수니는 그렇게 두어 번 더 주의를 주자 알아듣고 물러났다.

박새 둥지를 발견한 다음 날, 수니는 바람이 나고 말았다. 호박 넝쿨이 제멋대로 뻗어 나가는 걸 더 이상 놔뒀다가는 끝내 축대를 넘어서 남의 밭까지 점령할 기세였다. 그러다 보니 호박순이며 애호박 좀 따 먹으려면 유격대 라펠 훈련이라도 받아야 할 판이었다. 며칠째 두고 보다가 드디어 안씨 사다리를 빌려다 걸쳐 놓고 탈출을 시도하는 놈들의 줄기 머리를 뜰 안으로 돌리는 작업을 하는 중이었다.

"저기, 선상님 나 좀 봐요."

의사 며느리 할머니가 밀차에 푸성귀를 잔뜩 싣고 사립짝문 머리에 서서 손등으로 이마를 훔치고 계셨다. 나는 사다리에서 내려와 얼른 할머니 쪽으로 갔다.

"열무가 어느새 이렇게 수확할 때가 됐군요. 이리 주세요. 제가 밀어 드릴게요."

"그게 아니라, 이거 좀 해 자시라고."

할머니는 엉성하게 묶은 줄을 풀더니 방금 뽑은 열무를 한 아름이나 되게 덜이시는 사립짝문께에 털썩 부리셨다. 이 많은 걸 다 어떻게 먹으라고, 고마우면서도 난감했다.

"얼마나 힘들게 가꾸신 건데, 저는 괜찮으니 며느님 오면 나눠 주세요."

"걔들 거는 밭에 많아. 첫 수확한 거라 야들야들하고 달아요. 김치 담그기도 쉬워. 소금 좀 뿌려서 숨죽으면 마늘, 파 다져 넣고 버무리면 돼요. 고춧가루는 흉내만 낸다 싶게 조금 뿌리고. 물은 따로 안 부어도 저절로 생겨요. 홍고추를 갈아 넣으면 좋은데…… 하루 저녁만 밖에 뒀다가 냉장고에 넣어야 돼요. 밖에 오래 두면 시어져서 못 써."

이 복잡한 레시피를 어떻게 다 외운단 말인가. 느닷없이 할머니가 부여하신 열무김치 담그기 과제를 수행하기 위해 하루 날을 잡아야겠구나. 그래도 마음 써 주시는 정이 얼마나 고마운가. 더 사양하는 건 예의가 아니었다.

"정말 잘 먹겠습니다, 할머니. 고맙습니다."

나는 바구니를 꺼내와 열무를 담아서 뒷방 창고에 갖다 두었다.

그러고 보니 곁에서 꼬리를 흔들며 쫄랑쫄랑 할머니에게 아는 체를 해야 할 수니가 보이지 않았다. 할머니가 오시기 직전까지 평상 위에 앉아 있었는데 쉬하러 갔나, 제 별장에 들어가서 쉬나. 뒤란 쪽을 돌아봤으나 기척이 없었다. 나 모르게 그런 적이 없었지만 잠깐 밖에 나갔겠지 하면서도 신경이 쓰였다.

"수니야, 어딨니?"

어디서든 이렇게 부르면 공 튀듯 달려와야 하는데 두어 번 더 불러도 나타나지 않았다. 그제야 정신이 번쩍 들었다. '생리하는 동안은 잘 관리해야 됩니다. 애견카페에 가도 안 되고, 산책할 때에는 반드시 목줄을 채우며, 개방된 집에서는 꼭 묶어 놓되 다른 강아지들 특히 수놈의 접근을 막아야 합니다.' 아, 이를 어쩐다. 어떤 일이 있어도 수니만은 내 곁에 항상 붙어 있으리라고 믿으며 왜 저 전문가들의 조언을 건성으로 지나쳐 보고 말았던가.

밖으로 나왔으나 어느 방향으로 가야 할지 갈피를 잡을 수 없었다. 제 발로 수놈을 찾아갔다면 온 동네를 헤집고 다녀야 할 것이었다. 그렇지, 거기부터 가 봐야겠다. 두어 시간 전에 벤츠 아저씨네가 올라간 뒤로 내려오는 것을 보지 못했다. 내가 사다리를 타고 호박넝쿨 작업하는 걸 보고는 차에서 내리지 않고 바로 올라갔다. 수니가 거기 똘이가 타고 있다는 걸 모를 리 없었다. 나는 신발에 불이 붙도록 벤츠 아저씨네 밭으로 달려가며 수니를 불렀다.

밭가에 거의 다 왔을 때 수니가 내게 달려왔다. '아빠 왜 그렇게 난리세요?' 하는 듯이 해맑은 표정으로. 검둥이 똘이도 함께이긴 했지만 분위기가 너무 멀쩡했다. 그 뒤에 똘이 엄마가 난처한 얼굴로 서 있었다.

"선생님, 이 일을 어쩐대요?"

"왜요, 무슨 일 있으세요?"

"글쎄, 나는 얘가 온 줄도 몰랐어요."

"그러게요. 이제는 저 혼자서 마실을 가네요. 똘이 만나러 왔겠지요."

"풀 매느라 정신이 없었는데, 옥수수 키가 많이 컸잖아요. 밭고랑에 쟤네 둘이 붙어 있지 뭡니까. 보자마자 떼어 놓긴 했는데⋯⋯."

아뿔사, 일이 벌어지고 말았구나.

"그게 얼마나 됐어요? 붙어 있은 지?"

"잠깐이에요. 떨어지라고 소리치니까 금방 떨어졌어요."

어릴 때 간혹 동네 암캐 수캐가 붙어서 아이들이 따라다니며 별짓을 다 해도 쉬 떨어지지 않던 기억이 불현듯 떠올랐다. 금방 떨어졌다니 그나마 다행이라는 생각이 들었다.

"임신이 되지는 않겠지요?"

"저절로 금방 떨어졌으니까, 그리고 한 번이잖아요."

똘이 엄마의 말에 조금은 안심이 되면서도 심란했다.

"암내 난 애는 단속을 잘해야 돼요. 바람 지나갈 때까지 묶어 둬야 하는데⋯⋯."

집에 와서 수니의 뒤를 살펴봤지만 전문가가 아닌 나로서는 특별한 변화를 알 수 없었다. 그러게, 한 번이었는데. 그리고 보자마자 떼어 놓았다니⋯⋯. 나는 해맑다 못해 의기양양하기까지 한 녀석을 앞에 앉혀 놓고 하나마나한 넋두리를 했다.

"수니야, 애기 가지면 어떡할래. 너도 아직 애기 같으면서⋯⋯."

내 표정이 너무 진지했는지 목소리에 근심이 실려서 그랬는지 수니는 귀를 뒤로 접었다. '제가 뭐 잘못했나요? 똘이 만나면 안 돼요?' 하긴, 무슨 근거로 이 천사 같은 녀석을 나무라겠는가. 따지기로 든다면 저 35억 년 전에 시작된 생명 탄생의 드라마 작가에게나 따져야지. 이런 게 운명이 아니면 뭐가 운명이겠는가.

소 잃고 외양간 고치기였지만 나는 수니에게 목 띠를 채워서 현관문 가까운 테라스에 줄로 묶었다. '미안해, 수니야. 며칠만이야.' 그것도 모자라 뒤란 구석에 방치돼 있던 녹슨 철제 펜스를 끌어내다가 밖에서 침입하지 못하도록 사립짝문에 바리게이트를 쳤다. 상황이 심각한 것을 눈치챈 수니는 테라스 바닥에 조용히 엎드렸다.

호박넝쿨이고 뭐고 다 손에 잡히지 않았다. 나는 대충 정리하고 들어와 네티즌들의 의견을 검색했다. '우리 애는 한 번 만에 바로 됐어요.', '우리 애는 불임인지 세 번을 시켜도 되지가 않네요.', '우리 애도 네 번 만에 임신했어요. 세 번이면 대개 된다고 했지만 확실하게 하느라 마지막 확인으로 한 번 더 시켰어요.', '우리 애는 아예 거부를 해서 포기했어요. 수놈 물어 죽이겠더라고요.', '소형견은 보통 대여섯 마리, 대형견은 열 마리 정도를 낳는대요.'

어느 하나도 똑 부러지는 정보는 없었다. 수니 단골 병원에 전화를 걸었다. 상황을 듣고 난 의사의 답변은 실망스러웠다.

"수태 가능성이 매우 높습니다. 우선 자연 교배고요. 생리 일주일이면 배란이 가장 왕성한 시점입니다."

"교미 시간이 짧고 단 한 번인데요?"

"강아지 농장이나 병원에서 인위적으로 교배시키는 것과는 다릅니다. 자연 교배의 경우 두 놈이 만나면서 이미 준비가 완료됩니다. 흥분한 수놈은 교미와 동시에 사정하지요. 붙어 있는 시간은 별 의미가 없습니다."

대여섯 마리라. 진짜 임신이라도 하는 날이면……. 강아지 농장을 차릴 것도 아니고 보통 일이 아니었다. '쟤하고 잘 살아.' 이렇게 다시는 오지 않을 것 같은 말을 남기고 간 아내 얼굴이 떠올랐다. 수니 하나로 모자라 수니 2세-1, 수니 2세-2, 수니 2세-3……. 머리에 쥐가 날 것만 같았다.

차마 의사에게는 물어볼 수 없었던 사후 피임에 관해 경험 있는 네티즌들의 의견을 찾아보았다. 여러 의견 중에서 현실성 있어 보이는 방법이 하나 눈에 띄었다.

수정란 착상을 못하게 하는 방법이라고 했다. 글쓴이가 직접 경험한 사례라는 이른바 지옥 훈련 요법. 교배 후 72시간 내에 과도하게 뛰게 하거나 장시간 걷게 하여 몸을 피곤하게 만들면 착상을 막을 수 있다는 것이었다. 수술이나 약물로 몸을 상하게 하지 않는 유일한 방법이었다. 일리가 있어 보였고, 지푸라기라도 잡고 싶은 내게는 희망의 메시지였다.

내일 날 밝는 대로 녀석과 함께 등산 한번 제대로 해보자.

인과응보와 기적

　지금까지 다니던 사태봉산을 지나서 언젠가 꼭 가 봐야지 했던 불당골산, 깊은목산을 넘어야겠다고 작정했다. 내쳐 국수봉까지 간다면 5킬로미터 남짓, 가파른 경사가 제법 많으니 왕복 대여섯 시간이 족히 걸릴 듯싶었다.

　그래, 한번 해보는 거야. 나는 마음을 단단히 먹고 최대한 몸을 가볍게 하기 위해 저혈당 대비용 초콜릿 몇 쪽과 320미리리터짜리 생수 한 병만 챙겼다. 아침밥을 평소의 반밖에 주지 않고도 스트레스 지수를 극대화하기 위해 수니 간식은 생략했다. 앞산 마루에 해가 떠오르는 걸 바라보면서 출발했다. 내 계략을 알 리 없는 수니는 그저 신이 나서 깡충깡충 뛰었다.

　"안녕하세요."

　숲길 입구에서 건너다보니 고추밭에 벌써 벤츠 아저씨 내외가 일을 하고 있었다.

　"오늘은 산에 일찍 가시네요."

　똘이 엄마가 허리를 펴고 대꾸했다.

　"예, 좀 멀리 가보려고요. 그런데 똘이가 안 보이네요?"

"집에 두고 왔지요. 또 사고 치면 어떡해요."

"죄송합니다. 제가 단속을 잘했어야 하는데."

"아니에요. 잘 다녀오세요."

아직 이슬도 걷히지 않은 산길은 상쾌했다. 여름으로 접어든 숲은 아침 첫 햇살을 받으며 짙은 초록의 내음을 한껏 뿜어냈다. 먼 길을 작정해선지 매일 오다시피 하는 사태봉산 정상은 가뿐히 올랐다. 수니는 평소처럼 활기 넘치게 숲을 좌우로 헤집으며 앞장서 갔다.

한숨 돌릴 짬도 없이 곧장 불당골산 쪽으로 방향을 잡자 잠시 머뭇했지만 곧 따라왔다. '신난다. 나도 이리 가 보고 싶었는데.' 호기심 충만한 녀석은 금세 생기발랄하게 앞서 달려갔다. '그래 열심히 뛰어라. 뛰어.' 인근 주민들의 주 산책 코스는 사태봉산 정상까지인 듯했다. 사람 발길의 흔적이 눈에 띄게 줄었고 경사도 가팔랐다. 사태봉산에서 불당골산까지는 650미터에 불과했지만 작은 고개 둘, 큰 고개 하나를 넘어서 정상에 도착했을 때는 숨이 턱에 차고 이마에 땀이 흘렀다. 수니도 혀를 빼물고 헐떡거렸다. 높이 400미터밖에 안 되는 산이지만 그래도 산은 산이라 거리만으로 산행의 난이도를 가늠할 게 아니었다.

아직 반도 못 왔는데 이렇게 지쳐서야. 잠시 휴식을 취한 뒤 다음 목표인 깊은목산을 향해 출발했다. 깊은목산은 150여 미터의 내리막을 지난 후 다시 그만큼의 오르막이 끝나면서 불당골산과 마주 보는 형국으로 서 있었다. 이 코스는 가볍게 통과했다. 마지막 코스인 국수봉까지의 거리표지 앞에서 몇 번 심호흡을 했다. 2.7킬로미터. 울창한 숲에 가려 국수봉 봉우리는 미리 볼 수 없었다.

길은 무성한 잡초와 관목들 사이로 '이게 길이요.' 하고 옹색하게 열려 있을 뿐 사람의 족적을 거의 느낄 수 없었다. 평일이라도 사태봉산까지는 심심찮게 마주 오는 사람들을 만나곤 했는데 이쪽 코스는 주말에나 나처럼 작정하고 나선 사람들이 드문드문 다니는 모양이었다. 오르고 내리는 경사는 비교적 완만했으나 풀 섶을 헤치고 나아가는 행보라 힘들기는 마찬가지였다.

얼마나 걸었을까. 이마와 목덜미에 흐르는 땀을 닦느라 손수건이 축축하게 젖었고 웃옷도 등줄기에 철썩 들러붙었다. 시계를 보니 집을 나선 지 두 시간이 넘었다. 얼추 목적지가 가늠돼야 하는데 갈림길도 없고 이정표도 없이 길은 끝없이 이어지고 있었다. 마땅히 쉬었다 갈 한 조각 공터조차 보이지 않아 관성에 의해 계속 나아갈 뿐이었다. 언제부턴가 수니는 전방후방으로 뛰어다니기를 그만두었다. 그래도 여전히 힘차게 나를 인도하며 앞서 걸었다. 녀석의 힘을 빼기는커녕 내가 녀석을 따르기가 점점 버거워졌다.

이쯤에서 관둘까. 돌아갈 길까지 셈해 보면 나는 충분히 무리하고 있었다. 저기 내리막이 끝나는 지점에서 결정하자. 그런데 거기에 퇴락한 거리 표지목이 비스듬히 서 있었다. '국수봉 650미터', 결코 짧은 거리가 아니다. 더욱이 화살표는 긴 오르막 쪽을 가리키고 있었다. 어떻게 할까, 잠시 망설이는 사이 '나는 아직 더 갈 수 있어요.' 수니가 쫄랑쫄랑 앞으로 걸어 나갔다. 그래, 지금 아니면 언제 또 오겠는가. 나는 표지목을 붙잡고 서서 숨을 한번 고른 뒤 수니 뒤를 따랐다.

다리는 납덩이를 매단 것처럼 무겁고 유월의 땡볕 아래 바람 한 점 없는 숲속은 한증막처럼 무더웠다. 수니도 헐떡거리며 가다 서다를 반복했다. 조금만 더, 조금만 더. 온몸이 땀에 흠뻑 젖어서 마침내 정상에 이르렀을 때는 머리가 빙빙 돌 정도로 기진맥진했다. 수니에게 먼저 물을 따라 주고 나도 두 모금을 마셨다. 혼자 한 병을 다 마셔도 모자랐지만 돌아갈 길을 생각해 반을 남겼다.

"수니야 힘들지?"

바닥에 배를 깔고 엎드려 헐떡이는 녀석은, '대답할 힘도 없거든요.' 내가 머리를 쓰다듬거나 말거나 그저 계속 헐떡이기만 했다. '그러니까 왜 사고는 쳐 가지고.' 나는 몇 걸음 떨어져서 녀석 몰래 초콜릿 한 조각을 입에 넣고 녹여 먹었다. 나보다 수천 배 예민한 후각을 가진 녀석이 그걸 모를 리 없었다. 발목께가 간질간질해서 내려다보니 녀석이 코로 콕콕 찌르고 있었다. '제 간식은요?' 녀석은 나를 올려다보며 코를 킁킁 댔다. '미안해, 미처 챙기지 못했어. 하지만 초콜릿은 안 돼.' 이렇게 힘들 줄 알았으면 소시지 하나쯤은 챙길걸 그랬다 싶었으나 부질없는 후회였다. 하릴없이 녀석의 목덜미나 어루만져 줄 수밖에 없었다.

쉬고 나니 살 것 같았지만 돌아갈 길이 까마득하게 느껴졌다. 오는 데 세 시간이 걸렸는데, 그 길에서 있는 힘을 다 뺐으니 가는 데는 더 많이 걸릴지도 모르겠다. 아니면 온 길을 되돌아가는 거라 좀 더 쉬 갈 수 있으려나. 어쨌든 물과 음식을 충분히 준비하지 않아서 오 래 지체할 수는 없었다.

가는 길은 오르막보다 내리막이 많아 그나마 좀 수월했다. 한 걸음 한 걸음 걸은 만큼 남은 거리가 줄어든다는 희망에 있는 힘을 다 짜 냈다. 수니도 많이 힘든지 걷는 데에만 집중할 뿐 주변의 소리나 냄 새에 관심을 두지 않았다. 헥헥거리기는 했지만 네 발 가진 녀석은 나보다 훨씬 안정되고 힘 있게 걸었다. 수니가 아니라 나의 지옥 훈 련이로구나.

깊은목산, 불당골산을 뒤로하고 드디어 사태봉산에 이르자 다 온 기분이었다. 국수봉을 출발한 지 두 시간, 이제 30분만 가면 된다. 수니와 남은 물을 나눠 마시고 서둘러 출발했다. 마음이 편해지면서 다리의 긴장이 풀리는지 나는 자주 발을 헛디뎠다.

"다 왔잖아, 수니야. 천천히 가자."

이제 너럭바위가 있는 산허리 돌 수렁만 지나면 평지나 다름없는 길이다. 산길다운 산길로는 마지막 구간인 셈. 여기만 잘 통과하면 된다. 한 50미터 되는 비탈 구간은 경사가 50도 정도로 가파르지만 바닥에 적당한 간격으로 발 디딜 홈이 파여 있고 길가에 밧줄까지 늘어뜨려 놓아서 조심만 하면 스릴을 맛보며 지날 수 있다. 하지만 함부로 날뛰다가 미끄러지는 날에는 삐죽삐죽 솟아난 돌 수렁과 주변을 덮고 있는 칡넝쿨 얼크러진 구렁텅이로 여지없이 처박힐 위험 구간이기도 하다.

평소 같으면 밧줄을 잡고 가볍게 내려올 길인데, 다리가 후들거리는 게 영 불안했다. 네 발 수니조차 바로 걷지 못하고 옆으로 돌아서서 게걸음을 했다. 아뿔싸, 한 발을 홈에 디디는 순간 디딘 자리의 흙이 퍼석 하고 무너지는 게 아닌가. 밧줄 잡은 손에 힘을 줄 겨를도 없이 내 몸은 중심을 잃었고 반사적으로 버티는 다른 발이 그쪽으로 쏠리는 체중을 이기지 못하고 우지끈 꺾이는 느낌이 왔다. 순간 허공에 붕 뜨는가 싶더니 뿌지직, 좌악 하는 소리가 들렸다.

수니가 날카롭게 짖는 소리에 눈을 떴다. 굴러 떨어지면서 깜박 정신까지 잃었나 보았다. 나는 한 길이 넘는 돌밭 골짜기 위의 나뭇가지와 그 나뭇가지들을 얼기설기 휘감은 칡넝쿨 사이에 벌렁 뒤집어진 채로 걸려 있었다. 마치 칡넝쿨 해먹에 던져진 모양이랄까. 평소 지나다니면서 '저놈이 숲을 다 망치는구나.' 하면서 흉봤던 그 칡넝쿨이 그나마 나를 돌 수렁에 처박히는 치명적인 상황을 막아 준 것이었다.

어쨌거나 가까이 있는 나뭇가지를 잡고 빠져나오려고 자세를 틀 때 '이거 큰일이네.' 싶으면서 겁이 덜컥 났다. 미끄러질 때 꺾였던 오른쪽 발목이 끊어질 듯 아팠다. 그 다리는 물론 팔조차 제대로 움직일 수가 없었다. 가까스로 고개를 돌려 올려다보니 수니가 어쩔 줄 몰라 하며 앞발을 구르고 있었다. 거기까지는 10여 미터, 별것 아닌 거리였지만 그 공간이 까마득하게 보였다. 조금 꿈틀대는 사이 설상 가상 넝쿨 틈새로 몸이 빠져 내려가려 했다. 돌밭에 추락하지는 말아 야겠다는 판단에 있는 힘을 다해 나뭇가지에 팔을 걸고 버렸다.

숲길이 끝나는 지점까지는 500여 미터. 문득 휴대폰 생각이 났 다. 나는 나뭇가지 잡은 손 하나를 조심조심 풀어 허리 주머니를 더 듬었다. 아, 그러나 지갑과 예비 배터리와 빈 페트병 외에 아무것도 잡히지 않았다. 더 팔을 뻗어 바지 주머니를 뒤졌으나 헛일이었다. 잘 챙긴다고 하면서 식탁 위에 두고 그냥 나온 듯했다. 집을 나선 후 한 번도 휴대폰을 사용한 기억이 없었던 것이다. 평일인데다 무 더운 한낮이어서 산행하는 사람이 없을 텐데. 수니처럼 나도 외치 기 시작했다.

"여기요! 도와주세요!"

내 외침을 따라 수니는 더욱 맹렬히 짖었다. 옴팡한 골짜기에서 외 치는 소리는 메아리조차 없이 숲에 삼켜 버리고 말았다. 점점 심해지 는 다리의 통증과 함께 이러다가 죽을지도 모르겠구나 하는 공포가 밀 려왔다. 인과응보인가. 하지만 동행인 수니만이 유일한 희망이었다.

"수니야~"

내가 부르는 소리에 수니는 어떻게 나에게 올까 이리저리 뛰어다 니며 진로를 찾기 시작했다.

"아니야, 수니야!"

고 조그만 녀석이 나를 구할 수는 없을 것이었다. 내게 다가오기도 불가능한 상황이었다. 기진맥진한 모습으로 헐떡거리며 수니는 발만 동동 굴렀다. 수니가 만약 셰퍼드처럼 큰 개라면……. 이런 부질없는 생각까지 들었다.

"내려가! 어서 집으로 가!"

나는 손을 내저으며 있는 힘을 다해 수니를 향해 외쳤다. 수니와 나는 늘 함께였기 때문에 이웃 중 누구라도 수니를 보기만 한다면, '너 왜 혼자니? 이렇게 처참한 몰골을 하고서.' 틀림없이 그리 생각할 것이었다. 귀를 쫑긋대며 그런 나를 뚫어지게 바라보던 녀석이 산 아래 길 쪽으로 고개를 돌렸다.

"그래, 그거야. 어서 가!"

수니가 그리로 뛰기 시작했다. 제발……. 염치없게도 나는 기적이 일어나기를 빌었다. 그리고 젖 먹던 힘까지 다해 소리쳤다.

"도와주세요! 살려 주세요!"

수니 걸음이라면 집까지 3분도 걸리지 않을 텐데…….

얼마나 더 버텼을까. 다리의 통증이 사라졌다. 나뭇가지를 잡고 칡 넝쿨에 얽어맨 팔도 감각이 없었다.

멀리서 사람 소리가 들려왔다.

"어이! 어이!"

소리는 점점 가까워졌다. 벤츠 아저씨 음성이었다.

"여기요!"

수니가 먼저 달려와 나를 향해 짖었다.

"우짜꼬, 큰일 아이래."

벤츠 아저씨가 낫으로 길을 낸 후 나를 구했다. 나는 그의 등에 업혀 마을로 내려왔다. 내 팔자에 없는 벤츠를 탔다. 병원으로 가는 길에 똘이 엄마가 들려준 얘기는 이러했다.

밭일 끝내고 연장 챙겨서 돌아가려는데 갑자기 수니가 밭가에 나타나서는 심상찮게 짖는 것이었다. 당연히 곁에 있어야 할 나는 보이지 않고, 평소 같지 않게 발을 굴러 가면서 쉴 새 없이 짖었다.

"수니야, 왜 그러니? 아빠는?"

똘이 엄마가 이리 오라고 손짓해도 꼼짝없이 그 자리에 서서 뭔가 말하듯이 짖기만 했다.

"가시나, 우째 혼자서 지랄이고."

그런 수니를 바라보던 벤츠 아저씨가 이상하다는 듯이 고개를 가로젓더니 밭둑에 있던 낫을 집어 들었다. 그리고 곧바로 수니에게로 뛰어갔다. 그제야 짖기를 멈춘 수니는 재빨리 돌아서서 숲길로 달리기 시작했다. 아저씨가 수니를 따라가며 '어이, 어이~' 하고 외쳤다.

다리는 뼈가 부러지거나 탈구가 되지는 않았다. 발목 인대가 심하게 늘어나서 한 2주 깁스를 한 채 생활해야 했다. 치료받는 동안 똘이 엄마의 전화를 받고 아내가 달려와 있었다. 아내는 그만하기 다행이라는 표정이면서도 내 옆구리를 쿡 찌르며 말했다.

"못살아, 정말. 당신 아직도 환자라는 거 몰라서 그런 무리를 해?"

나는 면목이 없었다. 아내가 거듭 감사 인사를 하며 택시를 타고 가겠다고 했으나 똘이 엄마가 '어차피 우리도 돌아갈 건데요, 뭐.' 하면서 데려다주겠다고 했다. 나는 운전대를 잡은 벤츠 아저씨에게 말했다.

"무어라 감사드려야 할지……. 이 은혜 잊지 않겠습니다."

감사할 정도가 아니라 수니와 함께 그는 내 생명의 은인이었다. 벤츠 아저씨가 그 독특한 건너뛰기 화법으로 말했다.

"가시나 그거 영물일세."

그뿐 아내도 똘이 엄마도 말이 없었다. 내가 치료받는 동안 똘이 엄마와 아내가 무슨 얘기를 나눴는지 궁금했지만 물어볼 수 없었다. 벤츠 아저씨가 우리를 집 앞에 내려 주고 돌아갔다. 나는 목발을 짚고 아내의 부축을 받으며 사립짝문을 들어섰다.

수니는 달려 나오지 않았다. 아내가 걸음을 멈추고 뒤란 쪽을 바라봤다. 착잡한 것도 같고 비장해 보이기도 하고 표정이 이상했다. 아내는 들고 있던 손가방을 테라스에 툭 던지고는 목발 짚은 나를 놔둔 채 뒤란 쪽으로 급히 걸어갔다. 아내가 오는 동정을 감지하고 수니는 제 별장 안에 숨죽여 엎드려 있을 것이었다. 어쩌려고 저러나. 순간 알 수 없는 불안이 나를 엄습했다.

"왜 그래. 걔는 아무 잘못 없어!"

나도 모르게 이렇게 소리치며 절뚝절뚝 뒤를 쫓았다. 그리고 나는 곧 뜻밖의 광경 앞에 걸음을 멈추고 말았다. 아내가 수니를 안고 창고 바닥에 앉아서 울고 있었다.

"미안해, 수니야. 미워서 그런 게 아니었어. 너무 예뻐서……. 너를 사랑하게 될까 봐, 그게 두려웠어. 용서해 줘, 수니야."

'괜찮아요, 엄마. 알고 있었어요.' 수니는 그 천사 같은 친화력으로 뒤늦게 내민 아내의 손길을 흔쾌히 잡아 주었다. 강력한 진통제를 맞은 것처럼 통증이 말끔히 사라진 나를 남겨 두고 아내는 수니와 함께 읍내 애견숍으로 나들이를 갔다.

'요새 목줄 하는 강쥐가 어디 있어.' 아내는 수니의 하얀 털빛을 더욱 돋보이게 하는 빨간색 가슴 띠를 사 왔다. 수니의 키 높이에 알맞은 밥그릇, 물그릇 세트, 새 사료와 몇 가지 간식, 실내에서 편안히 쉴 수 있는 집과 강아지 전용의 널찍한 방석도 사 왔다.

뒤란 창고에 지은 수니의 은신처는 이제 추억 속 별장으로 남게 되었다.

고백

날은 나날이 더워지는데 깁스한 다리 때문에 샤워를 하기도 어렵고 청소며 식사며 불편한 게 한두 가지가 아니었다. 산책은 엄두도 낼 수 없었고, 살판났구나 하며 텃밭에 무성하게 자라나는 잡초를 뽑을 수도 없으니 답답했다. 수니와 함께 테라스 의자에 앉아서 햇볕 내리쬐는 마당을 우두커니 바라보기나 했다.

어느 때부턴가 집 안에서 수니의 생리 흔적이 보이지 않았다. 생식기는 여전히 부풀어 오른 채였으나 워낙 자주 핥아 대서 생리 혈이 말랐는지 어떤지는 알 수 없었다. '그동안 무슨 일이 있었죠?' 녀석은 변함없이 생기발랄했다.

방울토마토가 빨갛게, 노랗게 익어가고 있었다. 나는 목발을 짚고 가서 빨간 놈 하나 노란 놈 하나씩 따서 맛을 보았다. 빨간 놈은 상큼한 즙이며 단맛이 풍부했다. 노란 놈은 조금 더 새콤하고 단맛이 덜한 대신 향이 진했다.

'뭐예요. 먹는 거예요?' 수니가 궁금해서 발을 콩콩 굴렀다. 노란 놈을 하나 따서 내밀었더니 냉큼 입으로 받아 터지지 않을 만큼 자근자근 깨무는 시늉을 했다. 그러고는, '맛이 이상해.' 바닥으로 톡 던져 버렸다. 빨간 놈을 줘 봤다. '어, 이건 맛있어.' 녀석은 단번에 아작 깨물더니 맛나게 먹었다. 입가에 묻은 즙까지 핥은 다음 두 앞발을 들고 '더 주세요.' 했다.

아하, 빨간 걸 잘 먹는구나. 잘됐지, 뭔가, 딸애가 노란 걸 좋아하니 사이좋게 나눠 먹으면 되겠다. 한 알을 더 따서 주자 녀석은 그것도 맛있게 아작아작 씹어 먹었다. 알이 꽤 굵어서 더 달라고는 하지 않았으나 하나를 더 줘 봤다. 녀석은 그것도 얼른 받더니 먹지는 않고 왠지 안절부절못했다. '어떡하지, 어떡하지.' 녀석은 그것을 문 채 똥 마려운 강아지처럼 텃밭 주위를 왔다 갔다 했다.

마침내 녀석은 고추밭 두렁 끄트머리로 가더니 한 귀퉁이를 앞발로 호비작호비작 파고는 거기에 물고 있던 토마토를 톡 떨어뜨렸다. 그러고는 판 흙을 주둥이로 열심히 밀어 넣어 묻는 것이었다. 그게 다가 아니었다. '누가 보면 안 돼.' 묻은 자리를 코로 정성스레 콕콕 찍어 다지면서 확인까지 했다. 지켜보던 나는 기가 막혔다.

"수니야, 내가 다 봤지롱."

그래도 수니는 '이제 안심이다.' 하면서 앞발과 주둥이가 흙투성이가 되어 잔디밭으로 나왔다. 저걸 어떻게 하려나 자못 궁금했지만 이후 녀석이 그걸 다시 파내서 먹는 모습은 볼 수 없었다. 아마도 배가 고팠다면 그랬을지 모르겠지만 그럴 만큼 먹을거리가 부족하지는 않았다.

깁스한 지 일주일이 지나 목발 없이 깨금발을 뛰어가며 걸을 수 있게 되었다. 나는 수니를 데리고 정형외과에 다녀오는 길에 단골 동물 병원에 들렀다. 놀라는 의사에게 그동안 있었던 일을 얘기하고 '내가 참 어리석은 짓을 했다.'고 고백했다. 의사는 '아이고, 그런 일이 있었군요.' 하면서 수니를 안아 이리저리 살펴보고 체온도 재고 한 뒤 빙긋이 웃었다.

 "낚시 글에 제대로 낚이셨어요. 선생님한테나 지옥 훈련이지 얘한테는 무리가 갈 만한 운동이 아니었네요. 얘네는 네 발에 체중이 분산되는 데다 뒷다리 근육이 발달해서 사람보다 산길을 훨씬 쉽게 걸어요. 그리고 얘가 사람 나이로 치면 이십 대 후반쯤인데 선생님하고 상대가 되겠어요? 그 양반이 소설을 썼거나 진짜 경험담이라고 해도 착각했을 가능성이 높아요. 아마 교배 자체가 불완전했든지 질병 같은 다른 원인에 의한 불임이었을 거예요. 아니면 강아지가 좀 허약했든지."

 창피한 일이었다. 카페 대화창의 댓글을 사실로 믿고 학대에 가까운 산행을 강요한 것도 모자라 사고의 충격까지 안긴 걸 생각하면 수니에게 거듭 미안했다.

 "확실한 임신 여부는 앞으로 3주 후 초음파 검사를 해봐야 알 수 있습니다. 하지만 보시다시피 이런 우윳빛 분비물이 비치는 걸로 봐서 임신 가능성이 높네요. 곧 입덧도 하고 식욕이 변하고 할 테니 잘 살피시고요, 이제부터는 정말 그런 지옥 훈련은 삼가야 합니다."

출산 예정일은 신방을 차린 날로부터 60일 후, 오차는 하루나 이틀이라고 했다. 이 외에도 의사는 산책, 사료, 목욕 등을 비롯해서 주의할 일들을 자세히 일러 주었다.

수니의 입덧은 좀 유별났다. 그 먹성 좋은 녀석이 평소의 반도 먹지 않았다. 영양가 높고 잘 먹는다는 사료로 바꿨는데도 께적께적 먹는 시늉만 하다 말았다. '애기들을 위해서 잘 먹어야 돼. 자, 조금만 더 먹자.' 그나마 먹고 나서 돌아서면 욱, 욱 하고 토하는데 내가 치울 새도 없이 달려들어 그 토한 것을 핥아먹곤 했다.

더 질색할 일은 산책길에서 벌어졌다. 길가 주변을 킁킁거리는 게 늘 하는 버릇이려니 했는데, 한번은 뭔가에 코를 박고 휘적거리는가 싶더니 혀를 날름거리며 핥아먹는 게 아닌가. '안 돼!' 하고 뛰어가 제지했지만 '싫어요!' 하면서 말을 듣지 않았다.

버티는 뒷다리를 잡아당겨 겨우 중단시키고 보니 주둥이에 누런 오물이 칠갑됐고 악취가 진동했다. 자칫 밟기라도 하면 그 신발은 아예 버리는 게 나을 정도로 냄새가 지독한 고양이 똥이었다. '수니너, 뭐 하는 짓이야!' 하고 나도 모르게 소리를 버럭 질렀다. '몰라요. 그냥 찐한 것이 마구마구 당겨요.' 녀석은 연신 혀로 입 주위를 핥았다. 그 길로 돌아와 녀석을 씻기고 간식을 주고 했지만, '아빠, 미워.' 하면서 제 방석에 의기소침한 표정으로 엎드려만 있었다.

"입덧이 나면 눈구덩이에서라도 딸기를 구해 와야 한다잖아요."

똘이 엄마 말을 듣고 보니 녀석이 산딸기를 잘 먹던 생각이 났다. 나는 즉시 마트로 가서 야생 딸기의 손자뻘쯤 되는 농장 재배 복분자를 찾았다. 생복분자는 없고 냉동이 있었다. 그걸 사다 녹여 줘 봤더니, '이건 어떻게 구했대요?' 못 이기는 체 몇 알을 받아먹었지만 시큰둥하기는 마찬가지였다.

"아이고, 우리 며늘애기, 이거 먹고 얼른 기운 채려야지."

그날 저녁 똘이 엄마가 닭고기에 미역을 넣고 푹 끓인 죽을 가져왔다. '와, 이거 정말 맛있다.' 수니는 그 죽을 환장하고 먹었다.

4주가 지나자 배가 불러오기 시작했다. 초음파 진단 결과 잉태한 새끼는 네 마리였고 다들 건강했다. 아직 성별은 알 수 없지만 대개 반반이라고 했다. 다섯 마리, 여섯 마리가 아닌 것은 다행이었으나 문제는 앞으로의 일이었다. 이미 각오한 대로 출산까지는 어떻게 감당한다 해도 그 후에는 어떻게 하나. 강아지 농장을 차리나 어쩌나.

"걱정 말아요. 내가 아는 사람이 많으니까 지금부터 얘기해 두면 분양은 어렵지 않을 거예요."

똘이 엄마의 이 말이 큰 힘이 되었다.

5. 탄생의 신비

꼬물이 사남매

출산 예정일이 다가오자 수니의 배는 말 그대로 남산만 하게 부풀어 올랐다. 활동 반경을 마당 안으로 제한하고 운동은 이틀에 한 번씩 똘이네 밭 입구까지만 쉬엄쉬엄 다녀오는 것으로 만족했다. 수니의 임신 사실을 아는 이웃들은 우리 집 사립짝문 앞을 지날 때 목소리를 낮추고 발걸음을 늦추는 등 수니가 놀라지 않도록 배려해 주었다.

매일 다니는 뒷산 산책은 할 수 없이 혼자서 다녀와야 했다. 혼자 다니니 홀가분한 맛은 있었지만 바퀴 한 짝이 빠진 수레처럼 몸 한 구석이 허전한 느낌을 지울 수 없었다. 어느덧 내 생활의 일부가 되어 버린 녀석의 존재를 새삼 실감하곤 했다.

"아빠 올 때까지 집 안에 잘 있어야 돼."

파라솔 아래 깔아 준 돗자리에 느긋하게 가로누운 녀석에게 이렇게 당부하고 나왔지만 반환점에 이르기도 전에 조급증이 들어서 돌아올 길을 서둘곤 했다. 집에 도착해 보면 녀석은 무거운 몸을 이끌고 벌써 사립짝문께로 나와 '잘 다녀오셨어요?' 꼬리를 치며 반겨 주었다.

예정일 일주일을 앞두고 출산 미용이라 해서 온몸의 털을 짧게 밀었는데 한껏 부푼 배에 피부가 늘어나기까지 해서 눈처럼 희던 녀석이 핑크색 럭비공처럼 변했다. 때때로 뱃속의 새끼들이 뛰노느라 뱃가죽이 움찔움찔했다. 유선이 뚜렷해지고 젖꼭지도 볼록볼록 솟아났다.

이틀이 더 지나자 수니는 평상이나 테라스처럼 훤히 트인 자리에는 잘 있으려 하지 않았다. 평상 아래나 테라스 아래 후미진 구석에 들어가 있곤 했다. 나름대로 출산에 대비하는 모양이었다. 나는 그때부터 녀석을 방 안에만 두기로 하고 출산 준비를 서둘렀다.

허드레 살림 창고인 건넌방을 정리해 산실 겸 육아실로 쓰기로 했다. 대형 종이박스를 이어 붙여 만든 간이 산방을 구석에 들여놓고 안에는 녀석이 사용하는 담요와 수건을 깔았다. 광도 높은 형광등을 꺼 버리고 대신 밝기 조절이 되는 스탠드로 바꾸었다. 이렇게 어둠침침한 굴 속 분위기를 연출하고서 수니를 불렀다.

"여기서 애기 낳으면 돼. 마음에 드니?"

잠시 킁킁거리며 이리저리 꼼꼼히 살피던 수니는 내 손짓에 따라 안으로 쏙 들어갔다. 그리고는 굴 안을 빙빙 돌면서 바닥의 타월 면을 두 발로 열심히 긁고 주둥이로 콕콕콕 다독이더니 '딱이네.' 하면서 편안히 모로 누웠다. 단번에 제 출산 공간을 정해 주니 얼마나 고맙고 다행인지 몰랐다. 물그릇, 밥그릇도 산방 옆으로 옮겨 주었다. 더 봐서 배변 패드도 산실 한쪽으로 옮겨야겠다고 생각했다.

출산 과정을 어떻게 도와야 할지에 대해서도 고심했다. 잘 빨아 햇볕에 말린 면 수건 여러 장, 끓는 물에 소독한 탯줄 자를 가위, 핀셋, 탯줄 묶을 실, 카메라, 상황을 기록할 수첩과 볼펜, 소독약과 붕대 등을 바구니에 가지런히 정돈해 두었다. 응급 상황에 대비해 단골 병원 의사의 직통 전화번호도 휴대폰에 입력해 두었다.

정확히 예정일로 넘어온 날 새벽 2시경, 소파에서 깜박 잠들었던 나는 가느다란 신음 소리에 번쩍 눈을 떴다. 출산이 시작되었다. 피 섞인 미끈거리는 액체가 벌써 타월 면을 흥건히 적셨고 모로 누운 수니는 고개를 뒤로 꺾으며 힘을 주고 있었다. TV 드라마에서 보던 여인의 출산 장면 같은 단말마의 비명은 없었다. 그저 힘을 줄 때 몸을 뒤채이며 '끼잉!' 하고 가벼운 신음을 토할 뿐이었다.

그리고 이내 첫째가 쑤욱 수니의 몸에서 분리됐다. 나의 긴장은 최고조에 달했다. 얇은 투명 막에 싸인 채 꼬물거리는 새끼를 닦아 주려고 면 수건을 들이미는 순간, 수니가 얼른 주둥이를 뻗쳐 내 손을 밀어냈다. 예상 밖의 일이라 잠시 당황스러웠다. '제가 알아서 해요.' 수니는 재빨리 그리고 좀 거칠다 싶을 정도로 인절미 굴리듯 해 가며 새끼를 핥았다. 특히 주둥이 주위를 집중적으로 핥았는데, '깨앵' 하는 소리와 함께 네 발을 활기차게 놀리기 시작하자 비로소 핥기를 멈추었다.

아직 몸에서 분리되지 않은 탯줄은 어떻게 하려나 하면서 가위를 손가락 사이에 끼우고 지켜보고 있는데 수니는 새끼 배 가까이의 탯줄을 앞니로 물더니 싸각싸각 과감하고도 단호하게 씹어서 끊어 냈다. 상상하지 못한 광경이었다. 나는 그저 끊어진 탯줄 끝에 번져난 핏물을 거즈로 살짝 닦아 준 게 다였다. 감히 그 끝을 소독하고 실로 묶는 짓을 할 엄두가 나지 않았다.

나는 꼬물거리는 새끼에게 초유를 빨게 하려고 손가락으로 살며시 어미 젖꼭지 쪽으로 밀어 넣었다. 새끼가 본능적으로 젖꼭지를 향해 꿈틀거렸다. 그러자 수니는 얼른 몸을 뒤척이더니 주둥이로 새끼를 밀쳐 냈다. 왜 초유를 먹이지 않으려는 것일까. 그러는 사이 수니는 둘째 출산에 들어갔다. 곧 둘째가 태어났고 내 손길이 무안하게 수니는 첫째와 똑같이 알아서 처리했다.

그렇게 10여 분 간격으로 네 마리의 출산이 끝났다. 막내의 탯줄까지 자르고 나자 태반이 쏟아졌다. '태반은 산모의 보양식이니 먹도록 놔둬라.', '어미, 새끼에게 모두 감염을 일으킬 수 있으니 얼른 치워 줘라.' 등 네티즌들의 의견이 분분했지만 나는 후자를 따르기로 했다. 하지만 이때도 수니는, '잠깐만요.' 내 손을 주둥이로 밀쳐 냈다. 그리고 그걸 게걸스럽게 핥고 씹고 해서 약 5분에 걸쳐 깨끗이 먹어 버렸다. 먹이를 먹는다기보다 감추거나 버려야 할 것을 먹어서 치우는 것처럼 보였다. 평소의 얌전한 인상과는 어울리지 않는 엽기적인 모습이었다.

그제야 수니는 한쪽 뒷다리를 쳐들고 꼬물거리고 있는 네 놈을 젖꼭지 가까이 주둥이로 끌어 모았다. 새끼들이 제각기 젖꼭지를 차지하고 빨기 시작하자 비로소 수니는 편안히 몸을 누이고 눈을 감았다. 그런 수니의 몸은 새끼들이 들러붙은 젖무덤만 불룩할 뿐 갑자기 키가 커진 것처럼 길쭉해 보였다. 두 달 동안 배 속에서 새끼들을 키워 내느라고 어깨, 갈비뼈가 두드러져 보일 정도로 그렇게 야윈 것이었다.

"고생했어, 수니야. 축하해, 애기들."

나는 실로 거대한 크기로 다가오는 이 어머니의 이마를 떨리는 손으로 쓰다듬어 주었다. 수니는 이런 과정을 언제 어디서 배웠기에 이토록 익숙하게 해내는 것일까. 고심해서 준비한 출산 도움 바구니는 무용지물이나 다름없었다. 첫째에게 먼저 먹이지 않고 네 놈을 다 낳은 후에야 공평하게 초유를 물리는 지혜는 또 어떻게 터득한 것일까. 애초에 생명의 신이 이 어머니의 영혼에 새겨 놓은 설계도라고밖에는 이해할 수 없었다. 생명의 신은 참으로 위대하다는 생각이 들었다.

예상과는 다르게 암수 반반이 아닌 3녀 1남이었다. 제 엄마처럼 순백색인 놈은 없었다. 형제 중에 제일 덩치가 큰 첫째는 이마와 엉덩이 부분에 옅은 갈색 점이 있는 걸 제외하고 가장 흰색이었다. 유일한 수놈인 둘째는 두 뺨 주위와 배, 꼬리 끝만 갈색이고 나머지 부분이 흰색이었다. 몸집이 제일 작은 셋째는 주둥이, 이마, 목둘레, 배가 흰색이고 나머지 부분이 갈색인데 색의 좌우대칭을 가장 잘 갖추었다. 첫째 다음으로 덩치가 큰 넷째는 여기저기 흰 점이 찍힌 거의 짙은 밤색이었다. 그러고 보니 얘들의 아빠 똘이가 보기엔 완전한 검둥이어도 실제로는 짙은 밤색인 모양이었다.

태어난 순서를 정한 목 띠를 준비했으나 워낙 생쥐만큼이나 조그만 데다가 머리, 목, 몸통 구별이 어려운 통짜 몸이어서 채우지 않기로 했다. 사진을 찍어 뒀으니 굳이 그럴 필요가 없기도 했다.

육아는 힘들어

새끼들은 봄날 새싹처럼 빨리 자랐다. 젖 빠는 시간을 제외하고는 어미 주위에 한 덩어리로 뭉쳐 내리 잠만 자던 놈들이 2주일째로 접어들자 '꼬물꼬물'이 아닌 '비틀비틀' 일어서기를 시도하며 육아실 밖으로 활동 반경을 넓히기 시작했다. 어느새 죄다 눈을 떴고 아직 접힌 채였지만 귀도 조금씩 씰룩거렸다.

나는 산방의 지붕을 걷고 공간도 넓혀 주었다. 놈들의 활동은 하루가 다르게 변화했다. 수니는 그만큼 바빠졌다. 네 녀석을 쉴 새 없이 쫓아다니며 핥고 젖을 먹이고 멀리 달아난 녀석은 뒷다리나 목덜미를 물어서 육아실 안으로 데려다 놓는 일을 반복했다. 쉬라도 좀 편하게 하라고 산실 구석에 깔아 준 패드를 수니는 이용하지 않았다. 순식간에 제 화장실로 달려가 용변을 보고는 종종걸음으로 되돌아왔다. 얼마나 자주 핥아서 처리하는지 새끼들의 똥오줌은 구경조차 할 수 없었다.

수니만큼은 아니었지만 나 역시 바빠졌다. 출산의 부산물로 얼룩진 수건은 젖 뗄 무렵까지 그대로 뒤야 오히려 감염의 우려가 적고 어미와 새끼들 간의 유대감 형성에 도움이 된다고 하여 갈지 않았지만, 육아실 바깥을 청소하고 식욕이 왕성해진 산모의 영양식을 챙기는 일은 만만치 않았다.

만에 하나 생길지 모르는 사고에 대비해 늘 신경을 곤두세워야 했다. 갑자기 죽겠다고 깨갱거리는 비명이 들려서 달려가 보면 수니가 육아실 바깥의 벽 구석에 반쯤 기어 들어간 놈의 뒷다리를 물었다 놨다 하고 있었다. '내가 꺼내 줄게.' 그때는 할 수 없이 내가 거들어야 했는데, 그 정도는 수니도 허용했다. 또 한 놈이 보이지 않아 찾아보면 수니 사용하라고 깔아 놓은 배변 패드 밑으로 기어 들어가 꿈틀대고 있었다. 나는 새끼들이 기어 들어갈 만한 구석을 모두 테이프로 봉했다.

"괜찮아요. 한 달 됐으면 젖 떼도 될 만큼 컸을 텐데."
지난주부터 똘이 엄마가 새끼들 보러 오겠다는 걸 더는 미룰 수 없었다. 혼자만 오는 게 아니라 네 놈 중에서 한 놈 데려가기로 약속한 아주머니와 함께 오겠다고 했다. 어차피 다 키우기는 어려워서 똘이 엄마가 분양을 돕겠다는 걸 반겼는데 생각보다 빠른 걸음이었다.
"오셔도 오늘은 데려갈 수 없어요."
"알고 있어요. 보고 데려갈 애를 미리 정해 두려는 거예요."
두 아주머니는 강아지용 자동 물 급여기, 배변 패드 등을 출산 선물로 사 들고 찾아왔다. 낯선 사람의 방문에 수니는 신경이 날카로워져서 맹렬하게 경계하고 나섰다. 똘이 엄마는 잘 아는 사이라 몇 번

짖다 말았지만 처음 본 아주머니는 거실에 들어서는 것조차 허용하지 않으려 했다.

"괜찮아, 수니야. 애기들 얼마나 예쁜가 보러 오신 거야."

내가 나서서 한참을 달래고 나서야 수니는 육아실 안으로 물러섰다. 네 꼬물이 남매는 어미가 지키고 서 있는 안쪽에서 뛰고 자빠지고 서로 엉키면서 활기차게 뛰어놀았다. '아이고, 예쁘기도 해라.' 수니 때문에 한 걸음 떨어져서 바라보던 아주머니가 한 놈을 가리켰다. 둘째였다.

"쟤 수놈이지요?"

"예, 그런데 쟤는 벌써 예약이 돼 있는데요."

"그래요? 수놈이 키우기 좋은데……."

아주머니는 똘이 엄마를 돌아보며 아쉬운 표정을 지었다. 둘째는 아내가 집에 데려다 키우고 싶어 했다. 똘방이 보내고 나서 다시는 강아지 키울 용기가 없다고 했는데 수니가 낳은 새끼라면 생각해 보겠다고 한 뒤 출산할 날만 기다렸다가 수놈인 둘째를 점찍은 것이었다. 이런 사연을 얘기하자 아주머니는 고개를 끄덕였다. 그리고 다음으로 가리킨 놈이 첫째였다.

"이쁘긴 얘가 젤 이쁘네. 점 몇 개 말고는 제 엄마처럼 뽀얗고."

아주머니는 만족해했다. 나는 2주 후 쯤, 젖 떼고 이유식에 적응될 즈음해서 데리러 오라고 했다. 아주머니는 곤지암, 이천 일대의 규모가 큰 단독주택들을 대상으로 가사 도우미 일을 한다고 했다. 대부분의 집들이 잔디 깔린 넓은 정원이 있고 반려견 한두 마리씩은 키우기 때문에 강아지 돌보기는 일도 아니라고 했다. 아주머니는 첫째를 꼭 데려가겠다고 약속하고 돌아갔다.

　문제는 그런 부잣집으로 보내는 게 아니라 이 아주머니 집에서 키우려는 데 있었다. 나는 똘이 엄마에게 이 아주머니의 집안 환경을 물어보았다. 아랫마을 연립주택에서 중풍으로 거동이 불편한 남편과 둘이 사는데 주말을 제외하고는 종일 도우미 일을 나간다고 했다. 그러니까 주중 대부분의 낮 시간을 남편 혼자서 지내는 셈이다. 아주머니와 남편 모두 강아지를 무척 좋아하는데, 전에 키우던 강아지가 무지개다리를 건너가서 새 강아지를 입양하려는 것이었다.

　어쩐지 흔쾌하지는 않았다. 집 안이 좁을 테고 폭풍 성장하는 녀석이 말썽도 많이 부릴 텐데 온종일 함께 지내야 할 거동 불편한 노인이 제대로 돌볼 수 있을지 걱정이 앞섰다. 그러나 아주머니의 인상이 후덕하고 강아지를 무척 좋아한다니 믿어 보기로 했다. 그것도 제 운명이 아니겠는가. 아니다 싶으면 다시 데려오면 되지.

　'3주만 지나면 사료 먹여도 돼요.' 주위에선 다들 이렇게 말했다. 하지만 한 달이 넘었는데도 어미나 새끼들이나 젖 뗄 기색이 없었다. 수니는 엉치뼈가 툭 튀어나올 정도로 야위었지만 젖은 여전히 풍요로웠고 시도 때도 없이 게걸스럽게 달려드는 새끼들을 내치지 않았다. 지금까지 잘해 온 대로 젖떼기도 때 되면 어련히 알아서 할까 싶어 수니에게 맡겨 두기로 했다.

다만 이유식을 병행해 수유 부담을 덜어 주고 자연스럽게 먹이 활동의 독립을 유도하기로 했다. 삶은 계란 노른자를 으깨서 강아지용 우유에 섞어 주자 다들 젖 못지않게 잘 먹었다. 이어 유아용 사료를 물에 불려서 으깨지 않고 넓은 쟁반에 담아 놔 봤더니 한 놈 한 놈 다가와 맛을 보고는 금세 네 놈이 머리를 박고 둘러서 미친 듯이 먹어 치웠다. 이렇게 해서 새끼들의 사료 적응은 한 방에 해결되었다.

새끼들이 사료 먹는 광경은 실로 장관이었다. 서로 한 톨이라도 더 먹으려고 발버둥치는 중에 뭉개진 사료에 미끄러져 엎어지는 놈, 뒷다리가 들려서 뒤집어지는 놈, 경쟁에 밀려나서 주위를 맴돌며 낑낑거리는 놈, 한바탕 난리가 벌어졌다. 수니는 이런 새끼들의 모습을 한 걸음 나앉아서 대견한 듯 지켜보았다. 사료를 다 먹고 나면 후식으로 젖을 먹겠다고 또 어미한테 달려드는데, 수니는 마다하지 않고 젖을 내주면서 사료 찌꺼기로 범벅이 된 녀석들을 일일이 핥아 씻겼다.

한번은 첫째를 손에 들고 물 티슈로 닦아 주다가 나를 올려다보는 눈망울이 하도 귀여워서 거실 소파로 데려왔다. 남매 중에 눈에 띄게 크고 성장도 빠른 녀석은 소파에 내려놓자마자 제법 깡충깡충 뛰는가 하면 내 손가락을 깨물며 뒹굴었다. 따끔따끔해서 보니 생선 가시 같은 젖니가 가지런히 돋아나고 있있다. '아이고, 요것도 이빨이라고⋯⋯.' 녀석을 뒤집어 놓고 통통한 배를 간질이고 있는데 어느새 수니가 옆에 와 앉아 있었다.

"애기 데리러 왔구나."

내가 손을 거두고 비켜 앉자 수니는 기다렸다는 듯이 새끼에게 다가가 육아실로 옮기기를 시도했다. 하지만 이제 너무 커서 수니가 옮기기는 불가능해 보였다. 목덜미를 물기에는 입이 모자랐고 다리와 꼬리는 물고 당길 때마다 깨갱거리며 발버둥을 쳐 대서 통제가 되지 않았다. '어떻게 하나, 어떻게 하나.' 안절부절못하는 수니의 모습이 우습기도 하고 안쓰럽기도 했다. '도와주세요.' 결국 수니는 구경하고 서 있는 나를 말끄러미 올려다보았다. '그래 내가 도와줄게.' 새끼를 두 손바닥에 담아 육아실 입구에 내려놓자 수니가 재빨리 뒷다리를 물어서 육아실 안으로 끌어갔다.

새끼들이 사료를 먹기 시작하자 육아실 안은 냄새가 고약해졌다. 수니는 여전히 새끼들 똥오줌을 핥아서 처리하고 있었지만 날로 늘어나는 양을 다 감당하지 못했다. 육아실 곳곳에 새끼들 똥오줌 흔적이 눈에 띄기 시작했고 내가 때맞춰 치우지 못한 질척한 똥이 날뛰는 녀석들의 주둥이와 발에 칠갑돼 있곤 했다. 그런 놈을 씻기고 담요를 갈고 타월을 빨고 바닥을 닦는 일이 새로 늘었다.

이즈음이 되면 어미가 배변 공간을 따로 정하고 자연스럽게 새끼들을 그리로 유도해 각자 알아서 누도록 훈련시킨다고 하던데, 대체 어떻게 한다는 것일까.

내 궁금증도 잠시, 수니는 이미 시작하고 있었다. 육아실 한구석에 수니 사용하라고 몇 주 전에 깔아 둔 패드 옆에 새 패드를 더 깔아서 널찍하게 새끼들의 배변 공간을 만들 때였다. 전에 깔아 둔 패드에 손바닥만 한 누런 얼룩이 눈에 띄었다. 반쯤 마른 오줌 자국, 그 크기로 봐서 수니가 눈 것임에 틀림없었다.

아하, 이렇게 하는 거구나. 하지만 나는 곧 가슴이 쿵 내려앉았다. 새끼들 배변 훈련도 나 모르게 하려나. 녀석의 배변 트라우마가 어미의 본능에까지 침투한 것은 아니겠지. 그렇지 않기를 간절히 바라면서 나는 모른 체 지켜보기로 했다.

강아지들이 뛰고 뒹구는 모습에 수시로 싸대는 똥오줌으로 난장판이 된 광경을 처음 보는 사람이라면 '아, 귀엽지만은 않구나.' 하면서 고개를 절레절레 흔들 것이다. 그러나 혼란스럽기 짝이 없어 보이는 이 상황에도 내밀한 질서가 있고 수니가 그 질서를 이끌고 있었다.

수니는 새끼들의 식사가 끝나기를 기다렸다가 한 놈 한 놈 입 언저리에 묻은 사료 찌꺼기를 씻겨 준 다음 곧 항문 주위를 핥기 시작했다. 그러면 뱅글뱅글 도는 놈, 낑낑거리며 이리저리 왔다 갔다 하는 놈, 엉거주춤 허리를 꺾고 엉덩이를 바닥에 문지르는 놈 해서 한바탕 배변 축제가 벌어지는 것이다. 이때 수니는, '얘들아, 엄마 좀 볼래.' 하면서 천천히 패드 위로 올라가 쭈그려 앉았다.

이미 녀석들은 방 여기저기 응가와 쉬로 난장을 친 뒤지만 꼬리를 흔들며 수니 주위로 몰려가 거기 흥건하게 번진 엄마의 쉬에 코를 대고 킁킁거리거나 뒹굴곤 했다. 한 놈도 엄마처럼 패드에 쉬를 하거나 응가를 하는 놈은 없었다. 하지만 수니는 서둘지도, 새끼들을 재촉하지도 않았다. 그 보람 없는 수업을 수니는 묵묵히 되풀이했다.

수니를 믿는 나 또한 인내심을 가지고 기다렸다. 똥 마려운 녀석이 눈에 띌 때마다 손으로 들어서 패드 위에 올려놔 주고 싶은 충동이 일었지만 꾹 참았다. 다만 새끼가 싼 똥을 얼른 휴지로 집어서 수니에게 더 이상 먹지 말라는 신호를 주었다. '나도 이제 똥 먹기 지겨워요.' 수니도 언제부턴가 새끼들의 똥을 먹지 않았다.

그러기를 근 일주일, 새끼들의 똥오줌 난장판이 조금씩 조금씩 배변 패드를 향해 옮겨 갔다. 그리고 마침내 성장이 제일 빠른 첫째가 엄마를 따라 패드로 올라갔다. 패드 위에 쭈그려 앉는 모습을 발견한 순간, 나는 전율과도 같은 환희를 맛보았다. 어린애 손바닥만 한 엄마의 오줌 자국 옆에 우유병 뚜껑만 한 새끼의 오줌 자국, 그것은 찬란한 황금빛 꿀물처럼 보였다.

'나도, 나도.' 셋째가 그 꿀물 냄새를 맡으며 쭈그려 앉았고 넷째도 달려가 따라했다. 수놈인 둘째는 달려가다가 미처 패드에 오르기 전에 바닥에 주저앉아 싸 버렸다. '방향은 맞잖아요.' 그랬다. 수니는 끈질기게 그 방향으로 새끼들을 이끌고 나가 마침내 목표에 도달한 것이었다. 하루 반걸음도 되지 않는 거리였지만 이 어찌 위대한 발걸음이라 하지 않을 수 있는가.

새끼들이 배변 공간을 확실히 구별하자 수니는 더 이상 거기에 쉬를 하지 않았다. 새끼들은 소변에 이어 대변도 자연스레 그곳에 누었다. 한동안 밖에 실례하는 경우가 없지 않았고 둘째는 여전히 방향만 중시하여 열에 한두 번 정도나 패드 사용에 성공했지만 다들 밥 먹고 나서 일제히 그곳으로 달려갔다. 얼마나 신통한 놈들인가.

새끼들의 왕성한 식욕은 어미의 밥그릇을 넘보기에 이르렀다. 문제는 수니가 새끼들이 몰려들면 먹다 말고 슬며시 물러나 앉는다는 데 있었다. '괘씸한 놈들, 엄마가 너희들 어떻게 키웠는데. 은혜도 모르고 밥까지 빼앗는단 말이냐.' 수니의 밥그릇을 되돌려 주려고 내가 손을 쓸라치면, '우린 그런 거 모르겠고요.' 뒷다리로 어기차게 버티면서 밥그릇에 머리를 박고 있는 놈들의 기세가 어찌나 맹렬한지 떼어 내는 게 아니라 뜯어내야 했다. '이러다가 새끼들은 배 터져 죽고 어미는 말라 죽겠구나.'

이제 6주를 넘겨 사료만으로 충분하니 젖 먹이는 횟수를 줄이면서 수니에게 자유 시간을 주어야 할 때가 되었다. 밥이라도 맘 놓고 먹게 하려고 강아지 우리용 철제 펜스를 사 왔다. 그것을 육아실과 거실 사이에 설치하고 수시로 수니가 거실에서 혼자 편안히 쉴 수 있게 꾸몄다.

하지만 수니의 생각은 달랐다. '저 어린 것들을 따로 두면 어떡해요.' 수니는 새끼들과 떨어져 있는 상황을 못견뎌했다. 밥이나 겨우 혼자 먹을 수 있게 한 것으로 만족해야 했다. 그나마 편안히 먹지 못하고 허겁지겁 흡입하다시피 한 뒤 곧바로 펜스 앞으로 달려갔다. 어미가 온 걸 보면 새끼들은 일제히 달려와서 펜스에 오종종 매달려 깨갱거렸다. 그런 새끼들을 수니는 펜스 사이로 핥느라고 여념이 없었다. 그 눈물겨운 광경에 할 수 없이 펜스를 열어 주어야 했다.

"수니야, 이제 얘들은 아기가 아니야. 네 몸도 챙겨야지."

나는 수니만 육아실에 들락거리게 하지 않고 때때로 새끼들을 거실에 내놓아 다함께 뛰놀게 했다. 그러자 새끼나 어미나 한결 안정됐고, 어울리고 떨어지는 상황에 곧 적응했다. 밤에는 펜스를 열어 놔도 수니가 육아실에서 네 놈을 데리고 잘 돌보다 잤다. 가끔 꿈꾸다 깬 놈이 거실로 나와 배회하기도 하지만 곧 수니에게 발각돼서 육아실로 질질 끌려갔다. 주로 수놈인 둘째였다.

네 놈이 거실로 진출하자 온 집 안이 강아지 천지가 된 느낌이었다. 이게 강아지 농장이지 별건가. 이가 나기 시작한 놈들은 이것저것 닥치는 대로 물고 뜯었다. 봉제 인형을 여러 개 사다 놓았지만 그것만으로는 부족했다. '내가 좋아하는 건 따로 있거든요.' 녀석들의 입이 닿는 선풍기 전선, 방석 귀퉁이, 소파 다리, 에어컨 작동키, 실내화 등은 머잖아 상처투성이가 되었다.

살림살이만 상하는 게 아니라 수니의 젖도 새끼들의 이빨에 물려 피가 나고 짓물렀다. 그즈음 수니는 젖떼기에 들어갔지만 집요하게 매달리는 놈들을 매몰차게 떨쳐 내지는 않았다. 젖이 전처럼 잘 나오지 않으면서 새끼들도 적극적으로 덤비지 않게 되었다.

하나, 두리, 세나, 사라

　강아지들의 서열 다툼은 심하지 않았다. 아내가 녀석들의 노는 모습을 보고는, '얘는 강아지가 아니라 벌써 개 티가 나네.' 할 정도로 첫째는 형제 중에 워낙 두드러져서 세 동생은 첫째의 상대가 되지 못했다. 먹이를 먹을 때나 엄마를 따라다닐 때나 새 장난감을 차지할 때나 항상 제일 앞에 나섰고 나머지 녀석들은 그 뒤를 따르는 구도가 자연스럽게 형성되었다. 함께 어울려 놀 때도 늘 녀석이 대장 노릇을 했다. 동생들이 녀석에게 대들거나 녀석이 동생들을 거칠게 다루는 일이 없었다. 나는 녀석에게 첫째답게 의젓하다는 의미를 담아 '하나'라는 이름을 붙여 주었다.

　두 번째로 몸집이 큰 막내는 덩치에 비해 소심했다. 형제들끼리 어울려 놀 때 혼자 떨어져서 인형이나 물고 웅크려 앉아 있는 때가 많았다. 간식 꺼내는 소리가 나면 하나를 필두로 세 놈이 부리나케 달려와 차려 자세로 나란히 앉아서 발을 동동거리는데 녀석은 그 뒤에 얌전히 쪼그려 앉아서 기다렸다. 젖먹이 때도 형제들에게 밀려 빈 젖꼭지를 빨기 일쑤여서 볼 때마다 자리를 바꿔 주곤 했다. 순하고 착한 것이 엄마 성격을 제일 많이 닮았다. 넷째라는 출생순서에 맞추느라 그런가, 녀석에게는 서열 다툼의 의지가 없어 보였다.

그런 녀석이 한번은 나를 놀라게 했다. 어느 날 아침, 나는 주방에서 식사 준비를 하고 있었고 먼저 식사를 마친 수니 패밀리는 거실에서 놀고 있었다. 그때 지금껏 들어 보지 못한 소리가 거실에서 들려왔다. '멍, 멍'과 '앙, 앙'이 섞인 소리였지만 분명 짖는 화음이었다. '하나가 벌써 짖기까지 하는구나.' 하고는 살며시 돌아보니 막내가 내는 소리였다. 녀석은 창밖 테라스 난간에 오소소 몰려 앉은 참새 떼를 향해 고개를 뒤로 젖혀 가며 그런 소리를 내고 있었다. 그때마다 치켜든 꼬리 아래 십자드라이버 자국 같은 똥꼬가 발름발름했다.

고 앙증맞은 모습이 너무도 귀엽고 신기했다. 제 영역 밖을 향해 처음으로 녀석이 내는 그 소리는 내가 지금껏 들어본 어떤 소리보다 순결무구하게 들렸다. 시인 이형기 님이 시 '황혼'에서 표현한 '가공되기 이전의 원유 같은' 목소리, 아기 천사의 음성이 이럴까. 영국의 팝페라 가수 사라 브라이트만의 목소리가 떠올랐다. 그 달콤하면서도 꿈결같이 부드러운 음색, 그녀가 부르는 '윈터 라이트'의 선율을 연상하며 나는 '사라'라는 이름을 녀석에게 붙여 주었다.

둘째와 셋째는 몸집과 털 색깔이 많이 닮아서 함께 뒹굴고 있으면 구별하기 어려웠다. 네 형제 중에 서열 다툼이라면 이 녀석들이 벌이는 게 다였다. 녀석들은 자주 다투면서도 같이 놀 때는 그렇게 잘 어울리는 단짝이 없었다. 쉴 때도 둘이 나란히 붙어서 엎드려 있거나 헐렁한 지렁이 봉제 인형을 꼬아 놓은 것처럼 머리와 엉덩이가 서로 반대 방향을 향한 채 얼크러져 있었다. 아내는 이런 녀석들을 보고 '해님 달님 남매'처럼 의가 좋아 보인다고 했다.

다툼에서는 언제나 셋째의 일방적인 승리였다. 둘째는 수놈의 체면도 없이 겁이 무척 많은 반면 셋째는 겁이 없고 눈치가 빨랐다. 젖을 먹을 때도 암팡지게 달려들어 제일 통통한 젖꼭지를 차지하던 녀석이었다. 두 놈이 펜스 철망에 매달려 밖에 내놔 달라고 보챌 때 '안 돼.' 하면서 손가락으로 콧등을 살짝 치면 셋째는 그 손가락을 물려고 입질을 하며 대드는데, 둘째는 손가락이 닿기도 전에 깨갱깨갱 엄살을 부리며 저만치 도망가곤 했다.

모처럼 하나가 가지고 놀다 던져 둔 곰 인형을 차지하고 있을 때, 셋째가 달려가 톡 채트려서 도망가면 '너 거기 안 서.' 하면서 뒤쫓아가 치고받기는 하는데 셋째가 정색하고 '앙!' 하며 세게 나오면, '뭐, 왜?' 하면서 물러나 먼 산을 바라보는 놈이다. 아기공룡 둘리만큼이나 귀여운 이 녀석을 나는 축구선수 차두리처럼 좀 남자다우라고 '두리'라는 이름을 붙여 주었다.

셋째는 영리하고 암팡진 성격과 세 번째로 태어났다는 의미를 담아 '세나'라고 지었다. 하지만 실제 부를 때는 나도 모르게 '쎄나'라고 발음하게 되었는데 그렇게 불러야 녀석의 개성이 더 잘 실리기 때문이었다.

녀석들은 예상 외로 빨리 제 이름을 알아들었다. 나는 틈날 때마다 눈을 맞추거나 쓰다듬으며 이름을 불러 주었고 특히 간식 시간에는 세 번씩 부르고 나서 주었다. 그렇게 사흘이 지나자 세나가 제일 먼저 제 이름을 알아들었다. 이어 하나, 사라 순으로 제 이름을 구별했다.

두리만이 일주일이 넘어서야 '저요?' 하면서 귀를 쫑긋하는 반응을 보였지만 그때도 다른 형제들 이름과 확실히 구별하는지는 장담할 수 없었다. 하나, 세나, 사라는 제 이름 부르는 소리에 즉각 반응하고 다른 놈들보다 먼저 쪼르르 달려와 제 밥 그릇 앞에 앉는데, 이 녀석은 누구를 불러도 '내 이름은 아무나예요, 히히.' 하면서 아무 그릇 앞에나 달려와 기웃거렸다. 이 모습을 지켜보던 아내는 '얘 이름 아무나로 바꿔야겠다.'며 웃었다.

아내는 두리의 이런 모습에 꽤나 정이 가는 모양이었다. 내가 헷갈린다며 그러지 말라고 해도 '아무나야, 이리 온.' 하고 부르면 녀석은 쫄랑쫄랑 뛰어와서 아내가 주는 간식을 받아먹었다.

설거지 하던 아내가 '아이쿠, 큰일 날 뻔했네.' 해서 돌아보면 녀석이 아내 발밑에 배를 깔고 엎드려 있었다. 아내의 손길이 닿자마자 녀석은 발랑 뒤집어져서 버둥거리며 손가락을 물고 핥고 했다. '얘 하는 짓이 꼭 똘방이 같아.' 아내는 그런 녀석을 꼭 껴안고 뽀뽀를 하곤 했다. 이러니 두리가 아내를 각별히 따르게 된 것은 당연했다.

모성애

　수니 패밀리의 역사가 열리고 있는 사이 어느덧 여름이 물러가고 있었다. 그 역사에 동참하느라 수십 년 만이라던 무더위 기세가 얼마나 드셌는지, 태풍들은 또 언제 왔다 갔는지도 모르게 10월로 접어든 것이다. 안골 마을 이웃들은 이제 밭에서 키운 작물들을 한두 가지씩 수확하기 시작했다. 의사 며느리 할머니는 여름내 뙤약볕을 이고 정성 들인 완두콩이며 들깨 수확에 바빴다. 벤츠 아저씨네는 첫서리 내릴 때가 돼야 알이 제대로 밴다는 고구마를 서둘러 거둬들였다.

　"서리 오기 기다리다가는 멧돼지 놈들에게 다 뺏기겠네."

　처음에 밭머리 몇 군데를 파헤친 걸 보고 해마다 겪는 일이라 그러려니 했는데 다음날엔 아들 손자 며느리 대가족을 이끌고 내려와서 밭을 반 너머 갈아엎었다는 것이다. 나는 구경만 했을 뿐인데 똘이 엄마는, '푹 삶아서 주면 수니 산후 조리에 좋아요. 새끼들도 잘 먹을걸.' 하면서 줄기가 떨어진 부분에서 하얀 즙액이 몽글몽글 솟아나는 방금 캔 고구마를 한 바구니나 나눠 주었다.

　그동안 제대로 돌보지 못한 우리 텃밭에도 가을 색이 완연했다. 미처 따지 못한 고추들이 빨갛게 영글어 제법 가을 정취를 자아냈다. 뒤늦게 맺힌 놈들을 몇 개 따 봤지만 껍질이 두꺼워서 날로 먹기에는 거칠었다.

지주대를 사이에 두고 영역 다툼을 벌이던 오이, 방울토마토 줄기들은 얽히고설켜서 아예 한 가족이 돼 있었다. 주렁주렁 노각 무침거리로 변한 늙은 오이들 사이에서 새로 자라난 애오이들은 여름 것들보다 때깔이 연하고 굵기도 가늘었지만 맛은 더 고소했다.

생각날 때마다 많이도 따 먹었는데 여전히 제철인 양 달리고 또 달린 방울토마토는 언제가 끝물인지 알 수 없었다. 여기저기 돌 축대 틈새마다 용케 자리를 잡은 호박들도 누르스름하게 늙어 가고 있었으며, 아직 마르지 않은 줄기들은 열심히 애호박을 달아내고 있었다.

그래도 한낮의 햇볕은 쨍쨍해서 따가운 기세가 좀 수그러든 시간을 잡아 수니 패밀리의 외출을 계획했다. 두 달 만에 바깥 구경을 한 수니는 잠시 새끼들도 잊고 울안을 치뛰고 가로 뛰며 자유를 만끽했다. 처음으로 바깥세상에 나온 네 녀석은 아기 바구니 안에 한 덩어리로 뭉친 채 어리둥절한 표정으로 꼼짝하지 않았다. 하지만 이리저리 돌아다니는 엄마를 보고는 한 놈 두 놈 바구니에서 기어 나와 신세계의 탐색을 시작했다.

사라만이 잔디밭 가운데 놓인 바구니 주위를 맴돌 뿐, 세나는 열심히 엄마를 따라잡겠다고 깡충깡충 뛰었고, '나는 바로 탐험이다.' 두리는 어느새 방울토마토 덩굴 아래로 기어들고 있었다. 잔디밭을 한 바퀴 돌고 난 하나는, '여긴 너무 좁아.' 사립짝문 밖으로 진출하려

했다. '안 돼. 이놈아, 거기는 위험해.' 내가 하나의 앞을 가로막고 발을 굴러 안으로 몰아넣는 사이 수니는 두리의 뒷다리를 물어 덩굴 아래서 끌어냈다.

"아이고, 이 예쁜 강아지들 좀 봐!"

지나는 이웃들마다 사립짝문 머리에 걸음을 멈추고 녀석들이 노는 모습을 환한 얼굴로 지켜봤다. 이웃들의 흐뭇한 표정만큼이나 나 또한 고단했던 지난 일들을 잊고 약동하는 새 생명들을 기쁜 마음으로 바라봤다. '행복해요.' 수니야말로 세상 누구보다 행복한 순간이 아닐까.

내겐 이 행복을 지킬 의무가 있었다. 앞으로 이렇게 녀석들을 밖에서 놀도록 하려면 안전장치가 필요했다. 수니가 임신을 하면 어쩌나 하고 걱정하면서 강아지 농장이 될까 우려했는데, 그 우려가 현실이 돼 있었다. 호기심 많은 하나가 다시 사립짝문 밖 진출을 시도할 것이며 세나가 곧 하나를 따라할 것이었다. 천방지축 두리는 어느 구멍으로든 빠져나가 아예 가출을 할지도 모를 일이다.

나는 녀석들이 사립짝문 밖으로 나가지 못하도록 읍내 만물상에서 살이 촘촘한 연두색 철제 펜스를 사다가 대문 삼아 설치했다. 토박이 아저씨네가 쓰고 남은 고라니 침입 방지용 그물망도 몇 발 얻어다가 울안 구석구석 틈새를 막았다.

약속한 대로 똘이 엄마가 가사 도우미 아주머니와 함께 하나를 데리러 오기로 했다. 나는 아주머니들과 수니에게 들키지 않을 방도를 사전에 모의했다. 마당에서 놀다가 집 안에 들어갈 즈음 전화를 하면 의사 며느리 할머니 댁 마당에 대기하고 있던 두 아주머니가 우연인 척 우리 집 사립짝문께로 오고, 때맞춰 수니를 먼저 들여놓고 뒤따라 한 놈 한 놈 따로 들여놓은 뒤, 마지막으로 하나를 빼돌려 아주머니 가슴에 안겨 주기로 한 것이다.

"구충제는 먹였고요. 다음 주부터 종합백신 접종 시작해야 돼요."

오랜 동안 강아지를 길러 본 아주머니는 내 설명 필요 없이 다 잘 알고 있었다. 나는 그동안 보아 온 하나의 성격과 배변 습관, 좋아하는 놀이, 잘 먹는 사료와 간식 등을 일러 주고 잘 키워 줄 것을 당부했다.

"그럼요. 걱정 안 하셔도 돼요."

아주머니는 하나를 받아 안고 고맙다며 봉투를 하나 내밀었다.

"아닙니다. 우리 애 길러 주신다는데 오히려 제가 사례를 해야지요."

내가 사양하자 똘이 엄마가 내 옆구리를 쿡 찔렀다.

"그냥 받는 거예요. 그래야 잘 큰데요."

하지만 나는 끝내 봉투를 받지 않았다. 앞으로 사료며, 백신 접종이며 들어갈 돈이 많을 터이니 거기 보태라고 했다. 아직 철없는 시기라 그런지 하나는 별 저항 없이 아주머니의 품에 안겨 떠나갔다. 녀석이 태어나던 모습, 뛰놀던 모습이 눈앞에 스쳐 코끝이 시큰했다. 부디 행복하게 살아라, 하나야.

이렇게 하나를 보내고 나는 조마조마한 마음으로 집 안에 들어왔다. '하나는요?' 이럴 줄 알았던 수니는 방 안 구석구석을 뽈뽈거리는 세 녀석 다독이기에 여념이 없었다. 다행히도 수니의 수학 실력은 셋이 넘으면 막히는 수준인 것 같았다. 설마 눈치채고도 모르는 체하는 건 아니겠지. '미안해, 수니야.' 하지만 수니도 돌봐야 할 식구가 줄어서 조금은 더 편하지 않겠는가. 새끼 하나를 잃은 대가로는 너무나 형편없는 것인 줄 알지만 내가 당장 수니에게 베풀 수 있는 보상은 이것밖에 없었다.

　"수니야, 이게 뭔지 볼래?"

　나는 수니를 불러서 허리춤에 감췄던 손을 '짠' 하고 펼쳐 녀석이 좋아하는 소시지 간식을 내밀었다. 수니는 '야! 소시지다.' 하면서 언제나처럼 앞발을 들고 일어서서 낚아채듯 받아 물었다. 휴, 이 천진난만한 엄마를 속여 먹었구나 하고 생각하니 다시 한번 마음이 아팠다.

　그런데, 수니는 간식을 물고 늘 그랬던 것처럼 제 전용 방석으로 가지 않았다. 거기 느긋하게 엎드려서 두 앞발로 단단히 잡은 다음 끝에서부터 야금야금 갉아 먹어야 하는데, 수니는 그것을 문 채 새끼들이 노는 쪽으로 총총총 걸어갔다.

　'아가들아, 모여라.' 새끼들이 모이자 수니는 물고 온 간식을 그 앞에 툭 떨어뜨렸다. '뭐야 엄마?', '생전 처음 맡는 냄샌데.', '특이한 장난감이다.' 세 놈은 그것을 발로 툭툭 치고 주둥이로 굴리고 하면서 놀잇감으로 삼더니, 이내 두리가 입을 크게 벌려 덥석 물고는 육아실 구석으로 도망쳤다. 세나가 그 꼴을 보고만 있을 리 없었다. 사라도 뒤를 쫓았다. 세나와 두리 사이에 한바탕 소시지 쟁탈전이 벌어졌다. 중간 중간 사라까지 끼어드니 난장판이 되었다.

굵기는 내 엄지만 하고 길이는 반 뼘쯤 되는 그것을 녀석들은 먹을 엄두를 내지 못했다. '애고, 귀여운 것들.' 보고 있던 수니가 잽싸게 소시지를 빼앗아 물었다. 그리고 보란 듯이 발로 소시지 한 끝을 누르고는 반대쪽 끝을 입으로 물어뜯어, '이렇게 하는 거야.' 하면서 그 조각을 바닥에 떨어뜨렸다. 엄마가 뭐 하나 하고 고개를 갸웃거리며 지켜보던 녀석들 중 세나가 먼저 그 조각을 물었다. '맛있어요.' 수니는 또 한 조각을 뜯어 떨어뜨렸다. '이건 내 거야.' 두리가 그것을 물었다. 수니는 더 빠른 속도로 나머지 부분을 조각내 새끼들 앞에 흩어 놓았다. 순식간에 세 놈이 소시지 하나를 먹어 치웠다.

그 먹성 좋은 녀석이 좋아하는 소시지를 먹지 않고 새끼들에게 갖다주다니, 참으로 눈물겨운 모성애가 아닐 수 없었다. '엄마 먹는 거 주면 애기들 설사해.' 나는 세 놈을 육아실로 몰아넣고 펜스를 쳤다. 그리고 수니를 주방 쪽으로 불러 앉힌 뒤 소시지 하나를 꺼냈다.

"애기들은 줬으니까 이제 편하게 먹어."

통째로 주면 또 새끼들에게 물고 갈 것 같아 알맞은 크기로 잘라 한 쪽씩 주었다. 한 입에 꿀꺽, 또 한 입에 꿀꺽. 수니가 새끼들이 먹는 걸 보면서 흐뭇해하듯 나도 수니가 맛있게 먹는 모습을 보니 흐뭇했다. 수니는 내 딸이고 아무래도 새끼들은 촌수가 하나 아래인 손자뻘이라 그런가. 솔직히 귀엽긴 해도 아직은 수니만큼 애틋하지는 않았다.

서울 사는 친구 내외가 강아지를 보러 왔다. 실은 그들의 로망이기도 한 내 전원생활을 엿보고 싶어 지난여름 내내 오고 싶어 했었다. 수니 출산의 대역사 때문에 미뤄진 것이었다. 친구 내외는 수니 패밀리가 뛰노는 모습을 신기하게 바라보기는 해도 그다지 감동적이지는 않은 듯했다. 잠시도 가만히 있지 못하는 강아지들 등쌀에 분위기가 어수선하여 대화가 제대로 이어지지 못했다.

나는 고추와 오이, 방울토마토, 호박 등을 넉넉히 따서 차에 실어 주는 것으로 기대가 컸을 친구 내외에 대한 미안함을 대신했다. 우리는 간단히 마을 주변을 둘러본 뒤 저녁을 먹으러 가기로 했다. 곤지암은 뭐니 뭐니 해도 소머리국밥 아닌가. 집에서 멀지 않은 경충대로변의 유명한 소머리국밥 식당으로 갔다. 식사를 하며 제법 여유 있게 한담을 나누고 헤어져 돌아와 보니 놀라운 일이 벌어져 있었다.

새끼들의 울부짖는 소리가 거실 창 바깥 테라스까지 들려 나왔다. 무슨 일인가 하며 급히 안으로 들어오니 '다녀오셨어요?' 하고 반겨야 할 수니가 보이지 않았다. 친구와 식당으로 가면서, '애기들은 지들끼리 놀게 하고 아빠 올 때까지 좀 쉬고 있어.' 육아실 앞에 펜스를 치고 수니를 거실에 혼자 있게 했다.

이게 어찌 된 일인가. 수니가 펜스 안쪽에 거꾸로 매달려 처참한 모습을 하고 있었다. 뒷다리 한 짝이 높이 70센티미터 펜스 맨 위 분리살 사이에 끼었고, 축 늘어져 바닥에 닿은 입 밖으로 혀가 길게 빠져나와 있었다. 눈을 부릅뜬 채 미동도 하지 않았고 언제부터 그랬는지 흘린 침이 바닥에 흥건했다. 거기에 혼자 편안히 뜯어먹으라고 주고 간 오리고기 육포 덩이가 떨어져 있었다. 그걸 새끼들에게 주려고 펜스를 뛰어넘다 그리 된 게 틀림없었다.

내가 수니를 구해 내는 동안 새끼들은 한 덩이로 뭉쳐서 오돌오돌 떨었다. '왜 이런 짓을 했어?' 한동안 안고 뻣뻣해진 다리를 주무르자, 수니는 '이제 괜찮아요.' 힘겹게 고개를 들어 내 얼굴을 핥았다. 방석 위에 내려놓았으나 일어서지 못했다. 그 와중에도 수니는, '많이 놀랐지, 우리 아기들.' 낑낑거리며 기어드는 새끼들을 핥기에 바빴다.

다행히 뼈가 부러지지는 않았다. 온 체중을 실어 거꾸로 매달리는 바람에 인대가 많이 늘어났을 테고, 무엇보다 내가 발견하기까지 울부짖는 새끼들 앞에서 버둥대며 겪었을 공포가 엄청났을 것이다. 이 무슨 소름 끼치는 데자뷰인가. 지난여름 산길 구렁텅이에 거꾸로 처박혀서 느꼈던 공포가 되살아나며 마음이 쓰렸다. 어디 멀리라도 갔다 왔으면 어떻게 됐을까 생각하니 아찔했다.

수니는 그때의 나보다 몇 배나 더 의연하고 씩씩했다. '너무 걱정 마세요, 아빠.' 묵묵히 내가 따라다 준 물을 마시고 사료를 먹고 얼마간 쉬고 나자 자리를 털고 일어났다. 펜스에 걸렸던 다리는 딛지 못했지만 나머지 세 다리로 능숙하게 걸어서 새끼들에게로 갔다.

수니는 이튿날 아침부터 다친 다리를 딛기 시작했다. 절뚝이면서도 어미의 역할에 조금도 흐트러짐이 없었다.

"일찍 발견해서 천만다행이네요. 다쳐서라기보다 쇼크로 죽을 수 있거든요."

의사의 말을 들으니 생각할수록 끔찍한 일이 아닐 수 없었다. 사흘간 염증 완화제를 먹인 것 말고는 따로 치료는 받지 않았다. 틈틈이 마사지를 해 주는 정도로 열흘이 지나자 원래 모습으로 회복되었다.

'미안해, 수니야.' 모든 게 내 이기심에서 발로한 것이었다. 펜스를 쳐 놓고 나간 것이 수니의 편안한 휴식만을 위한 배려였을까. 그보다 '살판났구나.' 하고 집안을 쑥대밭으로 만들 세 악동의 저지레를 막겠다는 계산이 앞섰던 게 아닐까. 설마 펜스를 뛰어넘기야 하겠어? 뛰어넘더라도 새끼들하고 육아실 안에서 놀겠지. 이렇게 내 위주로 편하게 생각한 것이 잘못이었다. '설마가 사람 잡는다.'는 속담이 괜히 생긴 게 아니었다.

나는 이번 사고를 통해 모성의 본능은 펜스로 막을 수 없고, 더더욱 간식 하나의 얄팍한 선심으로 통제할 수 없다는 것을 깨달았다.

파란만장

하나가 떠난 지 3주 정도 지난 어느 날 저녁, 가사 도우미 아주머니에게서 전화가 왔다.

"죄송해서 어쩌지요."

"왜요, 하나에게 무슨 일 있나요?"

"예, 실은 하나를 다른 집에 보낼까 해서요. 선생님께서 허락해 주신다면요."

"아주머니 댁 환경에 적응을 못하나 보군요."

"영감님이 요즘 건강이 더 나빠져서 애를 제대로 돌보지 못했어요."

네 형제 중에 제일 먼저 배변을 가린 아이였는데, 거기서는 여태껏 한 장소에 대소변을 누지 못한다고 했다. 집안의 입에 닿는 물건은 죄다 물어뜯어 난장판을 만들고, 사료 대신 사람 먹는 것을 밝히면서 눈치만 보고 말도 잘 듣지 않는다는 것이다.

왠지 흔쾌하지 않더니 우려했던 일이 벌어진 것이었다. 강아지를 오래 길러 봤다면서 대체 이게 무슨 말인가. 애초에 편찮은 남편의 위안거리로나 삼으려 했던 게 아닐까. 호기심 왕성한 철부지 강아지를 온종일 거동 불편한 노인과 좁은 집 안에 가둬 놓다시피 했으니 스트레스가 어떠했을 것인가. 새 환경에 맞춰 스스로 배변 습관을 기르도록 이끌어 주고 행동 하나하나 세심하게 관찰하며 적절한 보상과 함께할 짓, 해서는 안 될 짓을 가려주어야 했을 텐데, 적잖은 인내와 정성을 요하는 그런 배려가 부족했던 게 분명했다.

남편이 거동만 불편한 게 아니라 강아지와 소통할 수 있는 언어 쪽의 장애까지 동반하고 있는 건 아닐까. 강아지 한 마리 분양하면서 자칫 마음을 다치게 할 부분까지 꼬치꼬치 캐는 것도 예의가 아니다 싶어 말았는데, 아주머니만 믿은 게 잘못이었다. 똥오줌 못 가리고 저지레가 심하다고 학대나 당한 건 아닌지, 당장 데려와야 되지 싶었다.

"하나를 보내시겠다는 댁은 어떤가요?"

"제가 가사 일을 돕는 댁인데 환경이 좋아요. 이미 강아지 두 마리가 있고 정원도 넓고요. 아이들이 있는 대가족이고 하나 얘기를 했더니 사진을 보고는 얼른 데려오라네요."

이게 사실이라면 하나에게는 좋은 새 출발이 될 수 있을 터였다. 나는 조심스럽게 아주머니에게 물었다.

"혹시 그 댁 주인과 제가 통화를 할 수 있을까요?"

"그럼요. 아주 좋은 분들이에요."

점잖은 음성의 중년 부인은 아이들의 기대가 크다면서 되레 내게 양해를 구했다. 덧붙이는 말로 나와 수니에 대한 사연을 들었다면서 남은 수니 패밀리의 행운도 빌어 주었다. 불쌍한 하나, 젖떼기 무섭게 엄마 품에서 떼어진 것도 모자라 다시 낯선 집에 입양이라니. 사람의 운명만 기구한 게 아니라 그 운명에 동승한 강아지 운명도 기구하구나.

'당신 걱정 많이 하더니 한시름 덜었네. 다행이다.' 아내도 반대하지 않았다. 이게 전화위복이 되기를 빌며 나는 하나의 재입양을 허락했다.

두리는 아내가 서울 집에 데려간다고 했으니 적당한 때를 기다리면서 생활 예절 교육이나 잘 시키기로 했다. 실내 생활에서 제일 큰 문제가 배변가리기인데 석 달이 넘으면서 완전히 마스터한 다른 형제에 비해 두리는 꽤나 느렸다.

친구가 선물로 가져온 배변판과 지난 봄 수니용으로 샀다가 거부하는 바람에 창고에 넣어 둔 배변판을 꺼내 나란히 붙여서 세 남매의 새 배변 공간을 만들었다. 세나와 사라는, '화장실 럭셔리하게 변했네.' 하고 금방 적응했다. 이즈음 참으로 신통한 일은 세나가 가끔씩 엄마 화장실에 따라가 용변을 보는 것이었다.

여전히 두리는 우연이다 싶을 정도로 가끔 한 번씩 배변판에 올라가 오줌을 눌 뿐 대개는 한두 뼘 못 미쳐서 싸 버렸다. '방향만 맞으면 돼요.' 그래, 언젠가는 제대로 하겠지. 이렇게 나는 희망의 끈을 놓지 않고 기다리기로 했다. 문제는 이것 말고도 녀석의 고추가 고장난 수도꼭지처럼 시도 때도 없이 새는 것이었다.

하도 겁이 많아서 '요놈, 그건 안 돼.'라고 부드럽게 나무라는데도 찔끔, '자, 즐거운 간식 시간이다.' 하고 부를 때 달려오면서 찔끔, '우리 두리 참 예쁘구나.' 하면서 쓰다듬어도 찔끔, 이건 뭐 감당을 할 수가 없었다. 쓰레기 버리러 잠깐만 밖에 나갔다 들어와도 이산가족 상봉이 무색할 정도로 낑낑거리면서 아예 수도꼭지가 터진 것처럼 줄줄 싸대니 녀석의 몸에 닿는 내 손이 쉬 싸개 센서라도 된 것 같았다.

앞으로 영역 표시 할 시기가 되면 온 집안이 녀석의 오줌으로 도배가 될 게 아닌가. 이런 중에도 육아실 한구석을 응가하는 장소로 정하고는 착실히 이용하는 것은 신통한 일이 아닐 수 없었다. 나는 거기에 두리 전용 패드를 따로 깔아 줬다.

의사는 종잡을 수 없이 오줌을 지리는 행태는 어린 수캉아지의 일반적인 성향이고 커가면서 나아지니까 너무 예민하게 반응하지 말라고 했다. 그리고 종견으로 삼지 않을 거라면 가급적 어릴 때 중성화 수술을 시키라고 권했다. 세나와 사라도 새끼 생산을 염두에 두지 않는다면 초경을 치르는 6개월이 되기 전에 중성화 수술을 시키는 게 건강상으로나 관리 면에서 이롭다고 했다.

수니 역시 출산 후 6개월 정도 지나면 다시 생리를 하게 될 텐데 두 번 다시 강아지 농장을 차릴 뜻이 없다면 중성화 수술을 시켜서, 거듭된 출산 후유증으로 나이 들어 십중팔구 걸리게 되는 유선염이나 자궁축농증을 예방하라고 했다. 백번 지당한 말씀이었다. 하지만 그 덕분에 나의 복지가 무너지겠구나. 그 비용을 어찌 다 감당할꼬. 내가 뿌린 씨앗 내가 거둬야지 어쩌겠는가.

　아이들이 커 갈수록 셋을 다 키우기에는 벅차서 세나와 사라 중에 한 녀석을 더 분양했으면 좋겠다고 생각하던 차였다. 주말에 놀러 온 의사 며느리 할머니 손녀가 우리 집 마당에서 뛰노는 강아지들을 보고는 할머니에게 조른 모양이었다.

　"우리 손녀 애가 선생님 댁 강아지 한 마리만 얻어 달라네요."

　"궁뎅이가 있는데도요?"

　"걔는 늙어 꼬부라져서 잘 놀지를 못해요. 함께 죽을 날 기다리자고 내가 작년에 데려다 놨지요. 분당 즈이 집에서 키우려는 거예요."

　할머니네 댁이라면 믿을 만했다. 비록 아파트지만 대가족이 사는 넓은 집이고 무엇보다 온 가족이 다 강아지를 좋아했다. 주말마다 가족이 내려와서 궁뎅이를 보살피고 함께 노는 모습을 보면 잘 알 수 있었다.

　"그러면 와서 골라 보라고 하세요."

　할머니가 휴대폰으로, '주신대. 얼른 와 봐.' 하고 말하자 초등학교 2학년이라는 여자아이가 한걸음에 통통통 뛰어왔다. 수줍음 많은 소녀는 손가락을 입에 물고 강아지들을 유심히 살피더니 한 놈을 가리켰다.

　"쟤요."

　사라였다. 반짝이는 눈빛이며 활기찬 행동, 균형 잡힌 몸매 등 외모가 뛰어난 세나를 찍을 줄 알았는데 뜻밖이었다.

"왜 얘를 선택했어?"

"착해서요."

소녀는 세나와 두리가 잔디밭을 뒹굴며 장난치는 옆에서 수니와 함께 얌전히 앉아 있는 사라에게 다가가 머리를 쓰다듬었다. 그 모습을 보며 할머니가 거들었다.

"궁뎅이가 지금은 진종일 자리보전만 하고 있지만 옛날에는 대단했지요. 하도 저지레가 심해서 혼도 많이 났어요. 그래서 얌전한 애를 고른 것 같네요."

이렇게 사라의 입양이 결정되었다. 문제는 수니였다. 하나를 빼돌릴 때는 얼떨결에 모르고 넘어갔지만 지금은 달랐다. 할머니네와 주고받는 대화며 분위기를 보고 눈치를 챈 건지 '자, 이제 들어가자.' 하면서 현관 쪽으로 앞장세우자, '글쎄요, 뭔가 느낌이 안 좋은데요.' 갑자기 새끼들 뒤로 빠지며 경계를 하고 나섰다.

'일단 들어가서 생각하자.' 쇠뿔은 단김에 빼랬다고 나는 수니를 덥석 안아서 안에 들여놓고, '어서 가.' 소녀에게 사라를 안겨 주며 속삭였다. 그리고 두리와 세나를 안고서 집 안으로 들어왔다.

'사라는요!' 현관문 앞에 서 있던 수니가 날카롭게 짖으며 항의했다. '수니야, 내 말 좀 들어 봐.' 수니는 진정하지 못했다. 내가 빈손으로 들어온 걸 보자 이 방 저 방, 소파 밑, 소파 뒤 구석, 제 화장실 등으로 정신없이 돌아다니며 사라를 찾았다. 녀석이 좋아하는 소시지 간식을 내밀었지만, '사라 빼돌렸지요? 누가 모를 줄 알고요.' 본 체도 안 했다.

녀석의 흥분이 가라앉을 때까지 기다리는 수밖에 달리 도리가 없었다. 한참을 그렇게 없는 사라를 찾겠다고 돌아치던 수니는, '얘들이라도 잘 지켜야겠다.' 두리와 세나 남매를 육아실로 데려다 놓고 문 앞에 엎드렸다. 저녁밥을 줬지만 세나와 두리가 먹는 것을 지켜보기나 할 뿐 저는 먹지 않았다.

시간이 꽤 흘러서 포기했는지 수니는 진정이 됐다. 나는 수니를 안고 토닥였다. '미안해, 수니야.' 나는 시무룩한 녀석을 앞에 앉혀 놓고 말했다.

"아랫집 할머니 좋은 분인 거 알지? 수니도 예뻐하고. 주말마다 사라 데려온다고 했으니까 그때 보면 되잖아."

하지만 여느 때처럼 나를 빤히 올려다보지도 고개를 갸웃거리지도 않은 채 모아 세운 제 앞발만 내려다보았다. 정말 이러고 싶지 않은데, 마음이 편치 않았다. 엄마의 기분을 느끼는지 세나와 두리도 저만치 떨어져 앉아 이쪽 눈치를 살폈다.

두어 번 더 권했지만 그날 저녁 수니는 끝내 밥을 먹지 않았다. 애초에 시작을 말았어야지 참으로 못할 짓이구나. 밤이 깊어서까지 수니는 이 방 저 방을 기웃거리며 사라를 찾았다.

사흘 만에 수니는 사라에 대한 미련을 접었다. '아빠 힘드신 거 알아요. 실은 나도 좀 지쳤거든요.' 한결 단출해진 만큼 패밀리는 전보다 더 화목해진 느낌이었다. 다른 형제가 없으니 해님 달님 남매의 우애도 더 끈끈해졌다. 장난감이나 개 껌을 사이에 두고 치열하게 뒹굴고 치고받으면서도 언제 그랬냐는 듯이, '그래도 우리 오빠가 최고.' 돌아서면 서로를 핥아 주며 애정을 나누었다. '이게 젤 편해.' 잘 때는 언제나 두 놈이 하나로 뭉쳐 있었다.

수니는 이제 새끼들에게만 전념하지 않고 제 생활에 충실하려는 눈치였다. 간식을 주면 두 놈이 달려와서 보챌 때나 마지못해 내줄 뿐 먼저 가져다주지는 않았다. 놀아 달라고 기어오르는 녀석들을 내치지는 않았지만 앞발로 툭툭 건드리거나 목덜미를 물어서 뒤집어놓고 으르렁거리는 놀이 유도 행위도 하지 않았다. 두리가 방석에 쉬를 해도 '이제 네가 알아서 해.' 얼른 뛰어가서 쉬 싼 자리를 킁킁거리고 녀석의 배를 핥아 주는 행위를 하지 않았다. 밖에서나 안에서나 자주 녀석들과 거리를 두고 느긋하게 앉아서 쉬었다.

무엇보다 식욕이 왕성해졌다. 새끼 배고 나서 입덧 후에 보이던 광적인 식욕이 되살아나서 스스로 억제하기가 어려운 지경이 되었다. 양을 늘린 사료만으로는 만족하지 않고 끝없이 간식을 달라고 보챘다. 내가 식사를 할 때 식탁 머리에 와 앉아서 '무엇이든 좀 주세요.' 하고 불쌍한 눈빛으로 올려다보았다. 안 하던 버릇이었다. '수니야, 그러다가 돼지 되면 어떡하려고.' 나는 냉정하려고 애썼지만 매번 물리치지는 못했다.

그러던 어느 일요일 오후, 동생 내외가 방문했다. 거봉 포도를 한 바구니 가져왔는데 끝물 수확이라 무척 달았다. 나는 당 수치 오를까 봐 몇 알 먹는 시늉만 했다. 얘기꽃을 피우는 사이에 한 송이를 다 먹어 치웠다. 온전하게 남은 두 송이를 도로 가져가라 하기도 뭣해서 나중에 아랫집 할머니 드려야겠다고 생각했다.

갈 길이 멀다며 저녁 먹고 가라는 것을 사양하고 길을 나서는 동생 내외를 사립짝문 머리에서 배웅하고 들어와 보니 큰일이 벌어져 있었다. 불과 5분 사이의 일이었다. 거실 탁자를 정리하려는데 좀 전까지 먹고 뱉은 포도 껍질 그릇이 텅 비어 있는 게 아닌가.

"수니야, 이거 네가 먹었니?"

나도 모르게 언성이 높아졌다. '왜요? 달콤하던데요.' 녀석은 연신 혀를 내밀어 입가를 핥고 있었다.

"어쩌려고 이런 짓을 했어. 아빠 허락도 없이."

밥공기로 한 가득이었는데. 비상 상황이었다. 어찌해야 하나, 나는 숨이 가빠왔다. 그리고 보니 병원마저 쉬는 일요일이다. 휴대폰 주소록을 검색해 수니 단골 병원 의사와 직통전화를 연결했다.

"수니가 포도를 먹었어요. 아니 껍질이요."

"먹은 지 얼마나 됐어요? 먹은 양은요?"

"한 10분이요, 밥공기로 한 가득입니다."

"껍질이 알맹이보다 독성이 훨씬 강합니다. 예민한 체질이 아니면 한두 알 정도는 괜찮은데 양이 엄청 나네요. 소화가 진행되기 전에 빨리 토하게 하세요. 급성신부전으로 생명이 위험할 수 있습니다."

"어떻게 토하게 하지요?"

"집에 과산화수소수 있지요? 상처 났을 때 소독용으로 바르는."

"알코올 솜밖에 없는데요."

"안 됩니다. 알코올은 매우 위험합니다."

"손가락을 목구멍에 넣어서 토하게 하면 안 될까요? 거꾸로 들고 배를 누른다든지."

"손가락이나 물리지 어렵습니다. 소화가 되려면 30분은 지나야 하니까 빨리 과산화수소수를 구해다가 20대 1로 희석해 종이컵 하나 분량을 먹이세요. 요즘은 편의점에서도 팝니다."

나는 곧바로 차를 몰아 읍내로 달려갔다. 첫 번째 편의점에는 없었다. 두 번째도 없었고 세 번째 편의점에서 구할 수 있었다. 얼마나 정신없이 서둘렀는지 집에 돌아오기까지 20분이 채 안 걸렸다.

그때까지 수니는 생생한 모습으로 '아빠, 뭐가 그리 급하세요?' 하며 나를 졸졸 따라다녔다.

"얼른 이리 와 앉아."

양을 조절할 새도 없이 어림짐작으로 물 컵에 과산화수소수를 희석해 입을 벌리고 흘려 넣었다. '켁, 켁, 이거 학대 아니에요!' 그러면서도 녀석은 내가 흘려 넣는 대로 꿀떡꿀떡 잘 받아 마셨다.

속이 부글거리는지 방 안을 이리저리 헤매던 수니는 3분이 채 안 돼 허리를 꺾고 토하기 시작했다. 밥공기 하나 분량의 포도 껍질이

고스란히 쏟아져 나왔다. 그 후에도 전에 먹은 사료와 간식이 소화된 누런 점액질을 몇 차례 더 토했다. 의사의 조언대로 미지근한 물을 한 대접 주자 게걸스럽게 먹고 토하기를 반복했다. 제가 알아서 위세척까지 마친 셈이었다.

'휴, 이제 살았구나.' 용케 과산화수소수를 구했으니 망정이지 읍내에서도 구할 수 없었으면 어쩔 뻔했나. 참으로 파란만장하구나. 애초에 야생에서 살 것이지, 너희는 왜 인간의 친구는 돼 가지고 이렇게 고생을 사서 하는 거니.

하기야 너희 잘못은 아니지. 굳이 사사로운 생활공간에까지 DNA가 다른 너희를 끌어들인 인간의 잘못이지. 그러니 나도 수니를 위험에 빠뜨린 책임에서 자유로울 수만은 없었다. 그래도 이번엔 좀 억울한 면이 없지 않았다. 나는 수니를 앉혀 놓고 그 점을 짚고 가기로 했다.

"미안해, 수니야. 하지만 이번엔 네 잘못이 더 커. 허락 없이 몰래 먹었잖아. 아빠가 그렇게 뛰어다니지 않았으면 넌 죽을 수도 있었어. 그래서 말인데 지난여름에 네가 아빠 구해 준 거, 우리 이걸로 퉁치자, 알았지?"

'지금 탈수증 나서 죽겠는데, 뭔 사설이 그렇게 길어요. 얼른 물이나 더 줘요.' 녀석은 내 말을 듣다 말고 달려가 비어 있는 물그릇을 주둥이로 툭툭 쳐 댔다.

6. 성숙의 아픔

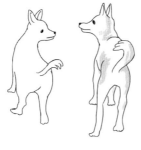

우리 언제 다시 만날까

　그날은 울안에서만 놀던 두리와 세나에게 처음으로 바깥세상 구경을 시켜 주기로 했다. 좀 더 크면 수니와 함께 수없이 다녀야 할 뒷산으로 첫 산책을 갈까도 했지만 월동을 앞두고 독이 잔뜩 오른 숲 진드기들이 기승을 부리고 있어 다음 해 봄으로 미루었다. 그래서 간 곳이 곤지암 도자공원이었다.

　공원은 박물관을 중심으로 주차장, 공연장, 실습 체험장, 놀이터 같은 시설들이 넉넉한 공간을 사이에 두고 자리해 있어 그 일대만 돌아도 훌륭한 산책 코스였다. 하지만 더 멋진 산책 코스는 이 시설들 뒤쪽에 드넓게 펼쳐진 2만여 평의 야외 전시장이었다.

　야외 전시장은 도자기 상징 조각 작품들을 비롯해 테마별로 구분된 여러 조각 작품 구역들이 나지막한 산자락과 구릉을 따라 아기자기하게 배치돼 있었다. 각 구역을 잇는 곳곳에 넓은 잔디밭이 깔려 있고 오솔길과 쉼터, 전망대 등이 잘 가꿔져 있었다. 무엇보다 감동적인 것은 이 넓은 공원에 산책 나온 사람이래야 한 구역을 지날 때 한두 명 만날까 말까 할 정도로 한가롭다는 것이었다.

　'야, 신난다!' 잔디밭 입구에서 줄을 풀어 주자 수니 패밀리는 그

꿈의 공간 속을 미친 듯이 달려 나갔다. 처음엔 셋이 경주를 하듯 일제히 앞만 보고 뛰었고, 잔디밭 끝에 이르자 제각기 방향을 돌려 이쪽으로 뛰어왔다. 그리고 이내 서로 쫓고 쫓기다가 부딪쳐 뒹굴면서 야성의 본능을 한껏 분출했다.

누구를 닮았는지 형제 중에 유독 다리가 길고 날씬해서 새끼 고라니를 연상시키는 세나는 제 엄마 오빠보다 단연 돋보이게 뛰었다. 두 귀를 한껏 뒤로 젖힌 채 꼬리까지 한 일 자로 쭉 뻗고서 전력 질주하는 녀석의 모습은 땅 위를 물결치며 날아가는 화살처럼 보였다.

"자, 이제 모여라. 우리 아가들!"

한바탕 뛰고 난 녀석들을 불러 모아 수니만 빼고 다시 줄을 채웠다. 수니는 몇 걸음 앞서서 일정한 거리를 유지하며 걸었지만 아직 산책에 익숙하지 않은 두 녀석은 이리저리 중구난방으로 나대는 바람에 자주 줄이 엉켰다.

나는 쉴 새 없이 엉킨 줄을 풀고 길 안으로 끌어들이고 하면서 녀석들의 덜 여문 발을 밟지 않기 위해 보폭을 조절해야 했다. 똑똑한 강아지들이니까 몇 번 해보면 안정된 방법을 터득하겠지. 쉼터에서 산책 나온 중년부부와 마주쳤다.

낯선 사람과 만날 때 수니는 언제고 꼬리를 흔들며 먼저 다가가 '안녕하세요.' 상냥하게 인사를 건넨다. 그러니 누군들 이 눈부신 순백의 천사를 쓰다듬고 싶지 않겠는가.

"안아 봐도 돼요?"

"그럼요."

수니를 가슴에 안은 부인의 얼굴에 환하게 행복한 미소가 피어났다.

그런데 수니가 낳은 세나와 두리의 대면 방식은 너무도 달랐다. 아직 성격이 완성되지 않은 어린 나이라 그런지 모르지만, 어쨌든 녀석들의 피 속에 흐르는 숨은 성격은 이렇게 드러났다.

두리는 '여기도 사람이 있네.' 하고 무덤덤한 반면, 세나는 이미 몇 걸음 전부터 '뭐야, 누군데 저기서 우리를 기다리는 거야.' 하면서 경계 태세를 보이기 시작했다. 아저씨가 '너 참 똘똘하게 생겼구나.' 하며 손을 내밀자 '웍, 웍, 물러나세요. 노터치.' 이렇게 낯을 가리며 입술을 실룩실룩 송곳니를 보여 주기까지 했다. 아저씨도 '알았어.' 하고 물러나 쓴웃음을 지었다. 이건 확실히 제 아빠인 똘이를 닮았다.

두리의 응대 방식은 될 대로 돼라, 무한 긍정, 아니면 비굴 모드라고나 할까. '노는 모습이 어째 이리 귀엽니.' 하며 아주머니가 손을 내밀자 '황송하옵니다.' 하면서 바닥에 납작 엎드리기부터 했다. 그게 또 귀엽다며 한 걸음 다가가 녀석 앞에 쪼그려 앉자 손길이 닿기 무섭게 발랑 뒤집어져서는 '끼이잉, 제 몸은 무지 예민해요.' 하고 오줌을 찍 분사하는 게 아닌가.

아뿔싸, 이건 인사가 아니라 행패지. 아주머니는 손사래를 치며 일어나 녀석의 오줌이 튄 손을 닦기에 바빴다. 앞으로는 세나와는 또 다른 이유로 사람들에게 '조심하세요.' 하고 주의를 줘야 하게 생겼다.

꿈같은 두 시간의 첫 산책을 마치고 돌아오니 똘이 엄마가 똘이와 함께 우리 집 마당에서 서성이고 있었다. 세나와 두리를 본 똘이는 '뭐야? 이것들은.' 하고 쓱 한번 훑어본 뒤, '우리 애 엄마 그동안 고생했지?' 수니의 꽁무니를 킁킁거리며 맴을 돌았다. 하지만 수니는 '애들 볼 것도 아니면서 뭐 하러 왔대요.' 그야말로 지나가는 나그네 보듯 했다. 세나는 테라스 위로 올라가 안전거리를 확보한 채, '누구야? 대체, 얼른 꺼져.' 맹렬하게 짖어 댔으며, 두리는 '분위기 좋은데요.' 똘이와 수니 사이를 쫄랑쫄랑 뛰어다니며 재롱을 부렸다.

"선생님, 애들 키우기 힘드시죠?"

"힘들어도 어쩌겠어요. 내가 시작한 일인데."

"그래서 말인데요. 셋은 좀 벅차지 않아요? 사료에다, 병원비에다, 이렇게 여러 마리 키우는 집 잘 없어요."

"누구 데려간다는 사람 있나요?"

데려간다는 사람이 있었다. 벤츠 아저씨가 일하러 다니는 빌라 건축 현장 소장이었다. 벤츠 아저씨와 친분이 두텁고 강아지 키울 환경이 좋으며 생활 형편도 넉넉한 집이라고 했다. 원래는 똘이를 달라고 했는데 최근에 아저씨로부터 수니가 새끼 낳은 얘기를 듣고는 간곡히 부탁했다는 것이다. 그렇지 않아도 녀석들이 커가면서 종래 다 감당할 수 있을까 싶어 세나의 분양을 염두에 두고 있었다.

"저번 하나 때처럼 다시 남의 집으로 가는 일은 없겠지요?"

"그 일은 정말 미안해요. 하지만 영감님 건강이 갑자기 나빠져서 그렇지, 그 집도 강아지 키우는 데 지극정성이었거든요. 하나 때문에 아주머니가 일을 그만두려고까지 했어요. 형편이 어려워서 할 수 없이 그리된 거라…… 아무튼 하나한테는 잘됐지 뭡니까."

하나 일 때문인지 그때처럼 또 흔쾌하지는 않았다. 그래도 셋일 때보다 손이 많이 줄 것이고 그만큼 남은 녀석들에게 더 집중할 수 있을 것이었다. 환경이 여기보다 못하다고 예단할 필요는 없지 않은가. 원하는 사람이 나섰으니 더 정들기 전에 결정해야지 싶었다.

그런데 뜻하지 않은 문제가 있었다. 세상일이란 마음먹은 대로 되지 않는 법인가. 그 현장 소장이 수놈을 원한다는 것이었다. 두리는 아내가 집에 데려다 키우기로 정해 놓은 마당이고, 딸애 대학 입학시험만 끝나면 바로 데려가려고 준비하고 있는데. 나 역시 세나보다는 두리에게 더 정이 가는 편이었다.

"꼭 수놈이라야 한대요?"

"그렇다네요. 수놈만 죽 키워 왔대요. 다른 집 새끼 낳는 걸 보고 암놈은 부담스러운가 봐요."

"우리 세나는 중성화 수술을 시켜서 새끼 낳을 일은 없는데."

"이참에 눈 꾹 감고 보내세요."

그러게, 나도 눈 꾹 감고 아내와 상의하기로 했다. 내 얘기를 다

들고 난 아내가 물었다.

"당신은 어때?"

"나야 뭐 아무래도 좋은데, 당신이 실망할까 봐 그렇지. 세나가 훨씬 예쁘고 영리하니까 다시 한번 얘기해 볼까?"

두리 데려갈 날만 기다리고 있는 아내에게 미안해서 나는 이렇게 여지를 남겨 봤다. 하지만 의외로 아내는 이렇게 대답했다.

"아니, 두리 보내자."

"괜찮겠어?"

"나는 괜찮아. 두리가 귀엽긴 하지만 아무렴 똘방이만 하겠어. 원하는 사람 나섰을 때 보내는 게 맞아. 없었던 일이 될 수 있으니까 그이들한테 두리 대신 세나 데려가라는 얘기는 더 하지 마. 두리와 우리 인연은 여기까지인 거야. 꼭 우리 손이라야만 두리가 행복하리란 법도 없잖아. 할 만큼 했으니까 당신도 이제 한숨 돌려야지. 그리고 당신 언제까지 거기 살 거야? 건강 회복되고 회사에 복직하면 다시 서울로 돌아와야 할 텐데 강아지 셋씩이나 데리고 우리 형편에 힘들지 않겠어. 이번 주말에 두리 보러 가야겠다."

아내의 판단은 현실적이고 그래서 현명했다. 그리고 수니를 받아들일 때처럼 고마웠다. 조금은 가벼워진 마음으로 두리를 보낼 수 있을 것 같았다.

두리가 떠나는 날 눈이 내렸다. 첫눈이었다. 점심 무렵부터 소담스레 내린 눈은 저녁이 되자 온 세상을 하얗게 덮었다.

나는 똘이 엄마와 현장 소장이 오기로 한 시간에 맞춰 두리가 쓰던 물건들을 쇼핑백에 챙겼다. 개 껌 무늬가 그려진 흰색 밥그릇, 도자공원에서 처음 채웠던 가슴 띠, 녀석이 제일 좋아한 둘리 인형을 담고, 출생부터 최근까지의 백신 접종, 구충제 투약, 중성화 수술, 자잘한 성장 과정을 비롯해 특이한 버릇과 식성 등을 기록한 수첩도 챙겼다.

"어째 날을 잡아도 이렇게 잡았을까."

아내는 이별 선물로 사 온 빨간 산타 외투를 두리에게 입히면서 눈 내리는 창밖을 내다봤다. '내 거는 왜 없어요?' 세나는 외투 입은 두리 주위를 깡충거리며 저도 입겠다고 연방 으르렁거렸다.

"세나 것도 여기 있지."

아내가 분홍색 털실로 짠 스웨터를 꺼내 세나에게 입혀 주었다. '뭐야? 이거, 이상하잖아요.' 두 녀석은 처음 입어 보는 옷이 답답한지 바닥을 뒹굴고 버둥거리고 난리가 아니었다.

"이야, 두리 그렇게 입으니까 루돌프 사슴 같네."

나는 분위기를 띄우려고 이렇게 능치면서 수니의 눈치를 살폈다. 아니나 다를까. '눈도 오고 날 저물어서 밖에 나갈 일 없는데 지금 뭐하는 거예요?' 수니가 제 방석에 꼼짝 않고 앉아서 이쪽을 바라보고 있었다. 아, 이 슬픈 데자뷰. 지난봄 수니를 보내려던 날의 기억이 생생하게 떠올라 이 장면과 겹쳤다.

밖에서 두런두런 인기척이 나더니 '똑똑' 똘이 엄마가 창을 두드렸다. 그 뒤에 선 건장한 남자의 모습이 언뜻 보였다. 순간, 수니가 앞발로 창틀을 박차며 꽹과리 치는 소리로 짖기 시작했다. 나는 사전에 짜 놓은 각본대로 아내에게 얼른 수니를 안으라고 손짓했다. 그리고 두리와 쇼핑백을 안고 재빨리 현관문을 열었다. 똘이 엄마 뒤에 서 있던 현장 소장이 꾸벅 인사를 하며 다가왔다.

아차, 마음이 앞서 나가느라 제대로 신지 않은 한쪽 슬리퍼가 현관문 틀에 걸리면서 두리를 놓치고 말았다.

"이를 어째!"

설상가상으로 아내가 등 뒤에서 이렇게 외쳤고, 수니가 쏜살같이 현관문을 빠져나왔다.

"수니야!"

내가 돌아서서 수니를 붙잡으며 똘이 엄마를 향해 말했다.

"어서요."

"아이고, 요 어린 것이 힘도 좋네."

똘이 엄마는 두리를 얼른 안지 못했다. 본능적으로 상황을 읽어 낸 두리는 레슬링 선수의 파테르 자세로 찰싹 엎드려서 네 발로 테라스 나무 바닥을 필사적으로 그러쥐고 있었다.

'우리 애기 안 돼요!' 나는 발버둥치는 수니를 우선 집 안에 들여놓고 문을 닫았다. 수니는 앞발로 창을 부딪치며 울부짖었다.

'두리야, 미안해.' 바닥에서 떼어 낸 두리의 몸은 딱딱하게 굳은 것처럼 긴장한 채 바들바들 떨었다. 덩치가 산만 한 아저씨가 두리를 받아안았다.

눈발이 휘날리는 사립짝문 밖으로 총총히 멀어지는 두 사람 뒤에서 '깨갱깨갱, 나 안 갈래!' 두리의 울음소리가 애절하게 들려왔다. 아내가 두 손으로 얼굴을 감싸고 서서 흐느끼고 있었다.

잊힌 날들의 의미

두리를 빼앗긴 수니의 충격은 컸다. 하나는 언제 가 버렸는지도 모르게 잃었고 사라 때만 해도 '아직 둘이나 남았으니까.' 하면서 며칠만에 상실감을 털어냈지만 이번에는 달랐다. 사라를 빼앗긴 기억이 채 지워지지 않았을 시점에, 그것도 바로 눈앞에서 유괴되는 광경을 목격하지 않는가. 무엇보다 넉 달 가까이 함께 지내면서 유대관계가 끈끈하게 형성된 뒤였다.

사흘 동안 밥을 거의 먹지 않고 온 집 안을 헤매며 두리를 찾았다. 어느 정도 안정된 후에도 밖에서 무슨 소리만 나면 '두리니?' 하고 달려가 창틀에 매달렸다. 햇볕이 좋은 오후에 마당에 나오면 구석구석 탐색하는 시간보다 '혹시 두리가 오는 건 아닐까.' 사립짝문 머리에 앉아서 밖을 내다보는 시간이 더 길었다.

해님 두리를 잃은 달님 세나 역시 한동안 활기가 없었다. 두 녀석이 온종일 뒹굴고 치고받던 집 안은 빈집처럼 횡했다. 늘 같이 뭉쳐 있던 방석에 홀로 긴 두 다리를 뻗고 턱을 괸 모습이 안쓰러웠다. '엄마, 나랑 놀자.' 가끔 이렇게 수니에게 보채 보지만, '나도 내 마음이 내 마음이 아니다.' 수니도 전처럼 어리광을 받아 주지 않았다. 두리가 떠난 후유증은 한 달여가 지나서야 회복되었다.

　새해 설 다음 날, 의사 며느리 할머니 댁에 사라가 왔다. 수니 세나 모녀를 안고 할머니 댁으로 사라를 보러 갔다. 처음 약속으로는 매주 데려온다고 했지만 두 달이 넘어서야 온 것이다. '엄마가 한동안 데려가지 말랬어요. 너무 빨리 만나면 다시 헤어지기 어렵다면서요.' 사라를 안고 갔던 소녀는 이렇게 약속이 늦어진 이유를 설명했다. 세 모녀의 상봉 장면을 보면서 소녀의 엄마가 얼마나 사려 깊은지 알 수 있었다.

　사라는 몰라보게 성장하고 세련돼 있었다. 하얀 레이스로 끝단을 장식한 연보라 드레스가 전문 미용사의 손길로 다듬어진 밤색 털빛과 잘 어울렸다. 배내털 그대로 아직 가위질 한번 못 해준 세나와는 비교할 수 없이 예뻤다. 무게는 덜했지만 몸집이 어느새 수니와 비슷할 정도로 커져 있었다. 얌전한 태도는 여전했다.

　수니는 사라에게서 제 새끼의 냄새를 금방 맡아 내고 보자마자 다가가 입 언저리와 엉덩이를 번갈아 킁킁댔다. 하지만 '아이구, 내 새끼. 어디 갔다 이제 왔어.' 하고 살갑게 핥아 주리라는 예상은 빗나가고 말았다. 멀뚱하게 앉아 있는 사라에게서 슬그머니 몸을 돌려 내 곁으로 온 것이다. '전에 내 새끼였던 아이' 그 이상도 이하도 아니었다.

　이런 수니와 대면하는 사라의 반응은, '좋은 아줌마네요. 근데 저 알아요?' 이런 정도랄까. 사라가 왔다는 할머니의 전화를 받고 공연히 설

레면서 한편으로 수니가 새삼 사라의 양육권을 주장하고 나서면 어쩌나 했던 염려는 멋쩍은 기우였다. 지금 두리가 돌아온대도 이럴까.

세나, 사라 두 자매의 만남은 그야말로 완전한 남남의 첫 대면이었다. '너는 예쁘긴 한데, 냄새가 영 아니야. 묵은 공기에 찌든 텁텁한 군내, 그리고 이 이상한 약 냄새는 또 뭐니.' 세나는 딱 한번 사라 주위를 빙 돈 것 말고는 제 엄마 곁에 붙어 앉아서 꼼짝을 하지 않았다. '참 까칠한 아이네, 촌티는 나 가지고.' 사라 역시 세나에게 별 흥미를 못 느끼는지 데면데면하다가 소녀의 품에 가서 안겼다.

수니 패밀리의 이산가족 상봉에 극적인 이벤트는 없었다. 다행이면서도 뭔가 허전하고 싱거운 느낌이었다. 녀석들에게는 추억이라는 게 없는가. 추억을 쌓기엔 너무 짧은 시간이었나. 아니면 사람의 상식으로는 이해할 수 없는 속도로 추억이 빨리 지워져 버린 것일까.

소녀의 엄마 말이 맞았다. 우리와 함께 살면서도 수니 패밀리는 그들만의 시간 속을 걸어가고 있었다. 수니의 기억 속에 사라의 흔적은 남아 있으나 그 특별한 시간이 모성의 끈을 느슨하게 만들었고, 그 신비의 시간 속에 빠른 성장 템포와 서로 다른 환경의 리듬이 겹치면서 사라, 세나 역시 '다시 만나는' 게 아니라 '처음 만나'는 게 되고만 것이었다. 수니 패밀리의 시간, 내게는 다행이지 뭔가.

"사라 노래 부르는 거 볼래요?"

"사라가 노래를 부른다고?"

"정말 잘 불러요. '사라짱'이라고 아이돌 이름도 붙여 줬어요."

"왜 사라짱이야?"

"내 이름이 장미나잖아요. 그래서 사라짱이에요."

"정말 멋진 이름이네. 근데 다른 멤버는 없어? 그냥 솔로야?"

"나랑 얘랑 트윈이에요. 나는 미나짱, 얘는 사라짱."

소녀는 신이 나서 종알거렸다. 모여 앉은 가족이 다들 손뼉을 치며 즐거워했다. 소녀가 '자, 우리 공연 한번 해보자.' 하면서 사라를 소파 위에 앉혀 놓고 리코더를 꺼냈다. '우리집 강아지는 복슬강아지……' 소녀의 연주가 시작되자 사라는 고개를 쳐들고 소리를 내기 시작했다.

"멍멍, 오우우~, 멍~ 오오~, 오우우~ 멍멍……."

이게 과연 노랠까. 그냥 턱없이 짖는 게 아니요, 지킴이 임무로서의 단조로운 컹컹컹도 아니요, 유전자 속 본능의 울림인 하울링이라고도 할 수 없는, 사라의 그 귀엽고 낭랑한 목소리는 분명히 노래였다. 소절 사이사이 추임새처럼 끼어들어 제법 리듬을 타는가 하면 높고 낮은 화음과 절묘하게 겹치기도 하면서 끊이지 않고 이어지는, 단순히 리코더 음에 반응해 내지르는 소리가 아니었다. 네 형제 중 제일 먼저 짖더니, '사라'라는 이름 참 잘 지었다는 생각이 들었다.

사라짱, 미나짱의 공연이 끝나자 방 안은 마치 조수미가 '챔피언'을 부르고 난 뒤처럼 갈채로 물결쳤다.

"집에서 피아노랑 같이하면 더 잘해요."

소녀는 의기양양해서 사라를 안고 뽀뽀 세례를 퍼부었다. 사라가 노래를 부르는 동안 뭔가 참견하고 싶은지 목구멍에서 터져 나오는 소리를 참느라 '욱, 욱' 하고 있던 수니가 비로소 사라에게 먼저 다가 갔다. '내 딸, 노래 참 잘하는구나.' 수니가 사라의 코에 제 코를 갖다 대자 두 모녀는 금방 서로를 핥으며 어울렸다. '나두, 나두.' 세나가 뛰어와 합세했다.

세 모녀는 울고불고 하는 일 없이 만날 때처럼 쿨하게 헤어졌다.

봄이 어서 와야지. 사흘에 한 번 꼴로 영하 10도를 넘는 추위가 여전해서 햇볕 좋은 따뜻한 오후가 아니면 바깥바람 쐴 엄두가 나지 않았다. 일주일에 한번 중무장을 하고 도자공원으로 산책을 갈 때가 수니, 세나 모녀에게는 큰 낙이었다.

두리와 함께 뛰던 잔디밭은 눈으로 덮였다. 아무도 디디지 않은 그 눈밭에 수니 모녀가 첫 발자국을 찍었다. 수니는 언제나처럼 제 길을 잘 알아서 갔고 세나의 줄은 이제 엉킬 일이 없었다. 찬바람 부는 빈 쉼터에서 지난 가을을 떠올렸다.

"수니야, 두리랑 같이 왔던 때 기억나니? 오줌싸개 두리."

'지나가 버렸잖아요.' 수니도 세나도 이 벅찬 현재진행형의 기쁨을 누리기에만 바빴다. 발이 시리지도 않은지 수니 모녀는 귀 털을 휘날 리며 눈밭을 뛰고 또 뛰었다. 한참 뛰어가도록 두면 눈 빛깔에 파묻 혀 수니는 이내 보이지 않았다. 긴 다리로 경중경중 뛰는 밤색 얼룩 무늬의 세나를 기준으로 수니의 위치를 확인할 수 있었다.

사춘기

　뒤란 축대 사이에 두릅 순이 돋아나고 뒷산 양지쪽에 산수유 꽃이 피기 시작할 즈음, 수니는 세나에게 이상한 행동을 하기 시작했다. 새벽 댓바람부터 수니가 날카롭게 짖고 으르렁대는 소리에 잠을 깨 보니 앞발로 세나를 짓누르고 올라 타 목덜미를 물어뜯으면서 몰아치는 게 아닌가. 세나는 꼼짝도 못 하고 엎드려서 깨갱거리고. '저러다 애 잡겠네.'

　"수니야, 왜 그래? 애기 놀라겠다."

　내가 몇 번을 그만하라고 해서야 멈추었다. '애기는 무슨, 다 컸어요.' 떨고 있는 세나를 살펴보니 다행히 다친 곳은 없었다. 다칠 정도로는 물지 않는 듯했다. 수니의 이런 행동은 하루에도 네댓 차례나 계속됐는데, 세나가 뭐 잘못한 게 있나 살펴봐도 딱히 눈에 띄는 게 없었다.

　제 밥그릇 외에는 눈길도 주지 않는 녀석들이라 먹이 다툼이 아니요, 꼭 수니 먼저 세나 다음, 이렇게 주기 때문에 간식 다툼도 아니었다. 수니는 장난감 놀이를 할 줄 모르기 때문에 장난감을 두고 다툴 리도 없었다. 화장실을 같이 쓰기 시작한 이래 세나가 사용하고 있으면 수니는 밖에서 기다리는 배려도 변함이 없었다.

대체 왜 그러는 것일까. 실내에 있는 시간이 길어서 스트레스 때문인가. 혹시 하나 남은 세나마저 잃게 될까 봐 미리 정을 떼려고 저러나. 별 생각이 다 들었지만 이거다 싶은 답은 없었다. 나는 좀 더 지켜보기로 했다.

수니의 하루 일과는, '세나, 너 일단 혼부터 나자.' 잔뜩 겁에 질린 세나를 구석에 몰아놓고 다그치는 일부터 시작됐다. 혼자 잘 놀고 있는 녀석에게 갑자기 달려가서 막무가내로 공격을 퍼붓거나, 쉬고 있는 녀석을 툭툭 건드린 다음, '왜 그래, 엄마.' 하고 일어나는 녀석을 '그냥 혼 좀 내려고.' 으르렁대며 자빠뜨리는 것이다. 세나가 방어 자세라도 취하면, '이 못된 놈 봐라. 내 그럴 줄 알았어.' 불에 기름을 부은 듯 동네에 소문이 날 지경으로 아주 격렬해졌다.

신통하게도 다치게 하지는 않았으므로 나는 가급적 개입하지 않으려고 애썼다. 한 2주 정도 지났을까, 일방적으로 당하기만 하던 세나가 저항을 시작했다. 처음엔 짓눌린 몸을 빼내려고 버둥대는 정도였지만 이내 물려고 하는 수니의 입을 긴 앞발로 야무지게 쳐내게 되었다. 그리고 마침내, '그만해요!' 하고 부르짖으며 같이 입질을 하기에 이르렀다. 아침에 일어나자마자 뜬금없이 당하는 혼쭐에 대해서도 세나는 '내가 뭘 잘못했어요? 엄마면 다예요?' 하고 맞장을 떴다. 왜 그런지는 모르지만 두 모녀가 한 치도 물러서지 않고 으르렁대는 모습은 가관이었다.

그렇게 한 달이 돼 가면서 답이 될 만한 실마리가 잡혔다. 세나의 평소 성격이 달라지기 시작한 것이다. 수니는 세나의 핏속에 흐르는 불안한 변화의 조짐을 감지하고, '얘 그냥 두면 틀림없이 사고 쳐요.' 그것이 밖으로 솟아나기 전에 미리 손을 쓰기 시작한 것인지도 몰랐다. 정말 그렇다면 놀라운 예지력이 아닌가.

세나는 생후 6개월이 지나 사춘기를 맞고 있었다. 중성화 수술을 시키지 않았다면 첫 생리를 할 시기였다. '아, 정말 짜증난다. 밖에 좀 나가자고요.' 시도 때도 없이 제 물건 바구니에서 가슴 띠를 물어다가 보란 듯이 던지고 태질을 치고 했다. 공, 인형, 개 껌, 뜨다 만 휴지 심 같은 장난감들은 말할 것도 없고 육아실을 뒤져서 언니 오빠가 남기고 간 자질구레한 물건들을 물어다 안방 내 책상과 의자 주위에 늘어놓았다.

더 열심일 수가 없는 이 짓을 지켜보다가, '세나야, 뭐하는 거야?'라고 하면, 들은 체도 안 하고 '나 수집 덕후예요.' 빨래 바구니를 뒤집어엎어서 빨려고 모아 둔 양말이며 속옷가지들까지 물어다 전시물로 추가했다.

'화장실까지 갈 거 뭐 있어요.' 소파에 오줌을 싸고, '엄마도 나한테 그랬지요?' 공연히 수니에게 대들어 싸움을 걸었다. 이런 것쯤이야 애교로 봐주겠는데 말을 듣지 않는 건 정말 난감한 일이었다.

"자, 신나는 외출이다."

이렇게는 내보내지만 신나는 외출이 아니라 헬 게이트 그랜드 오픈이 되기 일쑤였다. 현관문을 열기 무섭게 '웍, 웍, 웍!' 괴성을 지르면서 튀어 나가서는 일단 내 눈이 어지러울 정도로 마당을 대여섯 바퀴 쉴 새 없이 질주해 돌았다. '진정해. 그러다 다쳐!' 수니가 뒤쫓으며 말려 보지만 소용이 없었다. 광견병 주사는 맞혔는데, 꼭 미친 것 같았다. '세나야, 이리 온.' 하고 부르면 꼬리 치며 쫄랑쫄랑 뛰어 오는 모습이 퍽 귀엽더니, '왜요?' 하면서 빤히 쳐다만 보고 있었다. 잡으려고 다가가면 폴짝 뛰어 달아나서는 '어쩌라고요?' 이렇게 거리를 두고 서서 뺀질거렸다.

어떻게 구멍을 찾아냈는지 집 밖으로 내빼기도 했다. '큰일 났구나. 길에 차가 심심찮게 다니는데.' 녀석을 잡으러 나가 봐야 말을 듣지 않으니 부아만 치밀었다. 찻길을 치뛰고 가로 뛰고, 괜한 의사 며느리 할머니 댁 궁뎅이한테 가서 시비를 거는가 하면, '이거 웬 개가 와서 이렇게 날뛰나.' 토박이 아저씨네 마당까지 진출해서 병아리들을 몰아댔다. 온 동네 사람들이 다 나와서 고라니 몰듯 해서야 겨우 울안에 가둘 수 있었다.

노심초사, 그러나 세나를 덮친 이 질풍노도의 시기는 오래 가지 않았다. 세나의 분출하는 열정을 억누르는 데 수니의 역할이 컸지만 역시 시간만 한 게 없었다. 한 달여가 지나자 세나는 언제 그랬느냐는 듯이 다시 착하고 영리한 강아지로 돌아왔다. 많이 의젓해졌고 전 보다 더 말을 잘 들었다. 몸도 부쩍 자라서 몸집은 수니만 해졌고 다리가 길어서 키는 수니보다 더 컸다.

비 온 뒤에 땅이 더 굳어진다고 모녀 관계도 전보다 더 살가워졌다. 내가 솔로 털을 빗기고 물수건으로 눈, 입, 귀, 배와 엉덩이를 닦아 주고 나면, '이래 가지고 되겠어요. 어디 보자, 우리 예쁜 세나.' 수니는 찬찬히 다시 핥았다. 세나는 눈을 지그시 감은 채 그런 엄마의 손길에 온몸을 맡겼다. '이제 엄마 차례야.' 세나 또한 같은 방법으로 엄마를 핥아 주는 것이다. 내내 이렇기만 하다면 얼마나 좋을까.

앞산 뒷산에 봄이 만발하자 텃밭을 가꾸는 이웃들의 손길도 바빠졌다. 나는 지난해 경험을 살려 올해는 상추 모종을 반의반으로 줄였다. 너무 많다 싶은 방울토마토를 반으로 줄이고 대신 혈액순환과 혈당 조절에 좋다는 여주를 새로 심었다. 수니, 세나 모녀가 잘 먹는 오이는 작년처럼 넉넉히 심고, 열매가 좀 더 실하라고 포기 간격을 벌려 고추도 여남은 그루 심었다.

익숙해진 생활상, 해가 바뀌었어도 비슷한 생활이 반복되고 있었다. 벤츠 아저씨는 변함없이 입에 담배를 문 채 벤츠를 몰고 텃밭을 오갔으며, 똘이 엄마는 똘이를 앞세우고 걸어서 밭을 오르내렸다. 별채 안씨는 오늘도, '어이, 수니. 잘 놀아.' 하고는 1톤짜리 흰색 포터를 끌고 일터로 향했다. 점심 때 의사 며느리 할머니는 '아이구, 허리야.' 밀차를 세워 놓고 우리 집 사립짝문 머리 돌팍에 주저앉아 허리를 토닥이셨다.

"할머니, 들어오셔서 평상에 앉아 쉬세요."

꼭 그 자리에서 쉬시는데 나는 물이라도 한 컵 드리려고 작년부터

별러 왔지만 여전히 같은 대답이었다.

"아냐. 금방 갈 거야."

변한 것이 있다면 뒷산 산책길 멤버가 하나 늘어난 것이다. 수니와 둘이 다닐 때는 단출한 맛이 있었는데 세나가 합류하면서 부산스러운 감이 없지 않았다. 하지만 우 수니, 좌 세나를 거느리고 산길을 오르면 제대로 숲의 주인이 된 것 같아 든든했다.

산길 입구에서 줄을 풀어 주면 모녀는 기다렸다는 듯이 야성을 뿜어냈다. 수니의 본능을 고대로 복사한 세나는 '웍, 웍, 웍!' 환호성을 지르며 숲길을 질주했다. '이 녀석 천천히!' 그 뒤를 수니가 귀 털을 휘날리며 달려갔다. 언제부턴가 뻐꾸기가 울고 버찌가 까맣게 익기 시작했다.

7. 해후

돌풍을 몰고 온 여인

　여느 날처럼 해가 뉘엿뉘엿할 무렵 수니 모녀를 앞세우고 뒷산 산책
길에 나섰다. '멍멍이, 멍멍이.' 수니만 보면 달려와서 좋아 어쩔 줄 모
르는 윗집 세 살 쌍둥이 자매와 잠시 붙잡기 놀이를 하다가, 콩밭에서
풀 매던 손을 거두시고 돌아갈 채비를 하는 의사 며느리 할머니에게
인사도 하고, '여긴 우리 구역인데 웬 놈들이 또 이렇게 영역 표시를
했지?' 열심히 길가 곳곳을 탐색한 수니 모녀가 산길로 접어들 때였다.
　"아이고, 예뻐라!"
　손으로 가지를 늘어뜨려 버찌를 따고 있던 한 중년 여인이 수니를
보고 감탄사를 발했다. 언제나처럼 수니는 꼬리를 흔들며 그 여인에
게 다가가 호감의 몸짓을 했다.
　"착하기도 하지. 몇 살이에요?"
　"세 살이요. 아니 네 살인지도 모르겠네요."
　동물 병원 의사의 추정이 그렇다는 것이지, 실은 나도 녀석의 정확
한 나이가 궁금한 터였다. 그래서 나도 모르게 그랬을까.
　"아, 얘는 우연히 우리 집에 들어온 설 제가 키우게 된 거예요. 쟤
는 애 딸이고요."

별 뜻 없이 이렇게 묻지도 않은 말까지 덧붙이고 말았는데, 여인이 정색을 하더니 고개를 저쪽으로 돌리며 이렇게 말했다.

"어디서 많이 본 것 같지 않니?"

그때 그 여인의 말이 왜 '네가 기르던 그 강아지 아니야?'라고 하는 것처럼 들렸을까. 거기 몇 걸음 떨어진 나무 그늘 아래 돗자리를 깔고 앉은 또 한 여인이 이쪽을 바라보고 있었다. 그 여인이 이쪽을 향해 무어라고 조그맣게 말했다. 수니가 냉큼 고개를 돌리며 귀를 쫑긋 세웠다. 여인이 손짓을 하며 좀 더 크게 말했다.

"마리아!"

순간, 수니가 쏜살같이 달려갔고 이내 활짝 벌린 그 여인의 품으로 뛰어들었다.

"아이고, 우리 마리나가 어떻게 여기······. 마리나, 마리나."

'마리나'. '마리'의 '리'에 묻혀 가는 '아'가 아니라 톡 치고 이어지는 '나'였다. 여인은 수없이 '마리나'를 되뇌었다. 마리나는 그 여인이 수니를 부르던 이름인가 보았다. 여인은 부둥켜안고 수니는 끊임없이 뛰어오르고 핥고 난리가 아니었다. 이 기막힌 광경을 나는 얼떨떨한 기분으로 지켜보았다.

한바탕 흥분이 가라앉기를 기다린 뒤 나는 힘없이 수니를 불렀다.

"수니야, 가자."

하지만 수니는 여인의 품에 그대로 안긴 채 물끄러미 건너다보기만 했다. 올 것이 왔는가. 절망적인 심정이었다. '이제 와서 뭐야.' 한

편으로 오기가 발동되어 조금은 단호한 어조로 불렀다.

"수니야, 가야지."

천천히 수니는 여인의 품을 벗어나 이쪽으로 걸어왔다. 꼬리는 흔들고 있었지만 귀는 뒤로 접혔고 내키지 않을 때 그러하듯이 고개를 위아래로 까딱대며 앞발을 콩콩콩 구르는 걸음엔 활기가 없었다. 나는 냉정하게 돌아서서 걸었다. 이게 무슨 일인가 하고 살피던 세나가 '이제 상황 끝?' 하는 눈망울로 나를 올려다보고는 재빨리 앞서 달려 나갔다.

그런데, '이 녀석 같이 가야지.' 하고 세나를 뒤쫓아야 할 수니의 기척이 없었다. 나는 무거운 마음으로 뒤돌아섰다. 그날, 나에게 처음 오던 날 밤 현관 테라스에 앉아서 바라보던 그 모습으로 수니는 서너 걸음 떨어진 오솔길 한가운데 오도카니 앉아 있었다. 어떻게 해야 하나. 저쪽 여인들 역시 미동도 없이 이쪽을 바라보고 있었다.

나는 곧바로 수니에게 다가가, '아빠가 알아서 하세요.' 무기력하게 앉아 있는 녀석을 덥석 들어 안았다. 그리고 내처 앞만 보고 걸었다. 숲길로 한참을 들어온 후에야 수니를 내려놓았다. 다리에 힘이 빠져서 늘 가는 사태봉산 정상까지 갈 수 없을 것 같았다. 철없는 세나만이 앞으로 뒤로 길 밖으로 신나게 뛰어다녔고 수니는 그 콩콩 걸음으로 마지못한 듯 따라왔다. 나는 쉼터 벤치에 수니를 앉혀 놓고 말했다.

"우리 수니 본래 이름이 마리나였구나. 참 멋진 이름이네. 마리나, 엄마한테 가고 싶어?"

수니는 '마리나'라는 부분마다 귀를 쫑긋대며 반응을 보였다. 마리나, 강아지 이름으로는 좀 낯설게 느껴지는데, 왜 그런 이름을 붙였을까. 돌풍처럼 휘몰아친 이 평지풍파의 연유가 무엇인지 저간의 자초지종은 들어 봐야 하지 않았을까. 하지만 그 감격의 상봉 장면에 핵심은 너무나 또렷이 함축돼 있었다. 구구절절 사연이 엮일 수 있겠지만 '수니의 원래 주인이 나타난 것' 이것만은 명백했다.

얼마나 그렇게 앉아 있었을까. 날뛰던 세나도 어느새 수니 곁에 엎드려 있었다. 날이 저물고 있었다. 숲속은 빨리 어두웠다.

"가자."

이 말이 떨어지기 무섭게 수니가 벌떡 일어나 앞장서 뛰기 시작했다. 세나도 뒤질세라 쫓아갔다.

"천천히, 천천히. 아빠랑 같이 가야지!"

산에 올 때마다 외치곤 했던 이 말이 다른 사람의 소리를 듣는 것처럼 낯설게 느껴졌다. 여인들은 아직 거기서 기다리고 있으려나. 아까 사정을 봐서는 그러고도 남을 분위기였는데.

여인들은 없었다. 돗자리도 없었고 그 옆에 서 있던 승용차도 보이지 않았다. 그러고 보니 지난해 봄 수니의 빨간 목줄이 걸려 있던 나뭇가지가 그 여인이 앉아 있던 곁에 뻗어 있었다. 수니가 코를 끌면서 여인이 앉았던 주위를 분주히 맴돌았다.

저 먼 안식과 희망의 품

　수니를 마리나라고 불렀던 여인은 다시 올까. 다시 올 것 같았다. 마음만 먹으면 여기저기 수소문할 필요도 없이 핸드백에서 휴대폰을 꺼내듯 간단하게 수니를 만날 수 있을 것이다. 뒷산으로 통하는 유일한 길가, 훤히 들여다보이는 울안에서 수니는 종일 세나와 함께 놀고 있을 테니까.

　오기만 한다면, '버린 거야.' 이웃들의 기억에 심어 놓은 이 확신이 틀렸음을 여인은 내게 납득시켜야 할 것이다. 그리하여 나는 수니가 '비참하게' 유기된 게 아니라 단지 '운 나쁜' 강아지였을 뿐이기를 바라 온 믿음이 틀리지 않았다는 것을 확인하게 되리라.

　여인은 사흘 만에 왔다. 텃밭에서 풀을 매고 있는데 언제 왔는지 대문 삼아 쳐 놓은 사립짝문 펜스 밖에 서 있었다. 사십 대 중반쯤. 흰 티셔츠 위에 받쳐 입은, 무릎 아래까지 내려오는 라벤더 무늬 원피스가 화사했다. 네일아트 흔적은 없었으나 펜스에 걸친 뽀얗고 긴 손가락이 '시골 아낙은 아니에요.'라고 말하고 있었다. '또 왔네, 저 아줌마.' 세나는 테라스 위에서 멀뚱히 바라보고 있었고, '엄마 얼른 들어오세요.' 수니는 펜스에 두 앞발을 걸친 채 헥헥거리며 꼬리를 흔들어 댔다.

"저어, 알아보시겠어요?"

가늘고 약간 낮은 음색에, 머뭇거리는 목소리였다. 기다리기는 했어도 굳이 반길 사람은 아니지 않는가. 나는 햇볕 가리개로 쓰고 있던 챙 넓은 카우보이모자를 살짝 들었다 놓았다. 내가 가타부타 말이 없자 여인은 어색한 미소를 살짝 지었는데, 화사한 차림 때문인가 그 끝으로 한자락 그늘이 스쳐 갔다.

"이리 앉으세요."

나는 파라솔 아래의 평상을 수건으로 툭툭 털어 내고 여인에게 손짓했다. 수니가 먼저 뛰어올라, '어서요, 엄마.' 앞발을 발발거리며 여인이 앉기를 재촉했다. 여인은 들고 온 작은 쇼핑백을 거기에 내려놓았을 뿐 앉지 않았다.

"텃밭이 예쁘네요."

"텃밭이라고 할 거나 있나요."

"아니에요. 작지만 규모 있게 잘 가꾸셨군요."

이런 덕담이나 나누려고 오지는 않았을 터이다. 나는 얘기가 더 겉돌기 전에 본론을 꺼내기로 했다.

"'마리나'라는 이름은 여사께서 지으신 건가요?"

여인이 잔디밭 수니 앞에 쪼그려 앉으며 말했다.

"예. 실례가 아니라면 커피 한 잔 주시겠어요?"

내가 커피 두 잔을 타서 나와 보니 여인은 평상에 앉아 수니를 안고 있었다. 안고 있다기보다 수니가 제 방석에 엎드려 있는 자세로 너무나 자연스럽게 여인의 무릎 위에 늘어져 있었다.

수니는 내게 그렇게 안겨 본 적이 없었다. 책상다리로 앉아서 무릎 위에 올라와 안기라고 하면 '그냥 여기가 편해요.' 무릎 아래 살며시 주저앉곤 했었다. 아내에게는 달랐다. 극적인 화해를 이룬 후 아내가 소파건 바닥이건 앉기만 하면 다가와서 품에 안기려고 기어올랐다. '얘 전에 엄마가 항상 이렇게 안고 있었나 보네.' 그런가 보았다.

"수니가 이렇게 안기는 걸 좋아하는구나."

내가 여인의 품에 안긴 수니의 이마를 쓰다듬었다. 커피 잔을 들어 입술을 적신 뒤 여인이 얘기를 시작했다.

여인은 여기서 양평 쪽으로 10킬로미터 정도 떨어진 건업리라는 마을에 살고 있었다. 재작년 봄 그리로 이사 오기 전에는 거기서 멀지 않은 오향리, 연곡리에서도 살았다. 그 전에는 어디서 살았는지 직업이 무언지는 말하지 않았다. 가족에 대해서도 말하지 않았지만 나는 얘기의 행간을 엿보아 홀로 살고 있다고 짐작했다. 어쨌거나 이 고장으로 올 때 생후 6개월이 채 안 된 수니를 데리고 왔으니 지금은 4살일 거라고 했다.

수니가 태어난 곳은 평택항 근처 서해안 어디였다. 엊그제 같이 왔던 친구의 남동생이 이제 막 젖 떨어진 강아지를 데려다 키웠는데 제대로 돌보지 않아 천덕꾸러기 신세였다. 말 잘 안 듣는다고 혼내고

굶기기 일쑤였다. 특히 대소변을 못 가린다고 많이 때린 모양이었다. 도저히 못 키우겠다고 버리려는 것을 친구가 얘기해서 이 여인이 데려오게 됐는데, 그때까지 이름도 없이 그냥 '똥싸개'라고 불렸다.

'지금도 예쁘지만 아기 때는 정말 예뻤지요.' 학대받고 자랐으면서도 타고난 친화력과 순한 성품으로 구김살 없이 여인을 따랐다. 숨어서 용변 보는 버릇이 쉬 고쳐지지 않아 애를 먹었지만 눈치가 빠르고 말귀를 잘 알아들어서 함께 살기에 어려움이 없었다.

"얘가 태어난 곳이 항구잖아요. 멀리 떠났던 사람들이 힘들게 지고 온 짐을 내려놓고 쉬는 곳, 꿈을 안고 다시 멀리 떠나는 곳. 아픈 상처를 떨쳐 버리고 이제는 나와 함께 편안히 희망을 품으며 살자는 뜻에서 '마리나'라고 지은 거예요."

"그랬군요. 사연이 깊은 이름이네요. 건업리면 여기서 꽤 먼데 이마을은 어떻게 오게 됐나요?"

재작년 가을, 여인은 집에 있는 날이 많아졌다. 읍내 도서관으로 책을 빌리러 다니다가 도서관 옆 계단이 산길로 이어진 걸 보고 올라가 봤다. 약수터를 가리키는 팻말을 보고 거기까지만 가 보려고 했는데 약수터는 폐쇄돼 있었다. 내친걸음에 오솔길을 따라 더 올라갔더니 쉼터도 나오고 운동 삼아 산책하기에 좋았다. 일주일에 두어 번씩 도서관에 올 때는 으레 그 길을 수니와 함께 걸었다.

그러던 어느 날 여인은 고개 갈림길에서 이정표가 가리키는 마을 쪽으로 내려가 봤다. 정말 아름다운 마을이었다. '이런 마을에서 살아

봤으면.' 그때 이 집은 비어 있었다. 대문도 없고 허락받을 사람도 없어서 그냥 마당에 들어와 보니 너무나 아늑하고 편안했다. 무엇보다 수니가 잔디밭을 뛰노는 모습이 퍽 보기 좋았다. 여인은 수니와 함께 주로 원룸 규모의 연립주택에서 살았다. '마리나, 우리도 언젠가 이런 집에서 살자.' 여인은 수니와 함께 평상에 앉아서 한참씩 꿈을 꾸다가 돌아갔다.

"마리나는 그 꿈을 이뤘군요."

수니를 꼭 껴안는 여인의 음성이 떨렸다. 수니가 산에 갈 때마다 고갯마루 갈림길에서 서성이고 자꾸 도서관 쪽으로 가려했던 이유, 그리고 이 집을 떠나지 않으려 했던 이유를 비로소 알 수 있었다. 여기서 기다리면 언젠가 여인을 다시 만나리라고 믿었던 것일까. 나는 여인이 소리 내 울 것만 같아 이 얘기는 차마 하지 못했다.

"수니와는 어떻게 헤어지게 됐나요?"

겨울엔 오지 못했다. 도서관에는 가끔 왔지만 춥고 눈 쌓인 산길이라 오를 수 없었다. 봄이 돼서 다시 오게 되었는데, 차를 몰고 묵방리 쪽으로 돌아서 오는 길을 알았다.

그 무렵 여인은 새 일을 잡게 되었다. 해외로 나가야 하는 일이었다. 친구에게 수니를 부탁했더니 생각해 보겠다고만 하고 답이 없었다. 출국 날짜가 다가오고 있었지만 수니를 데려갈 수는 없었다. 수니가 마음에 들어 할 뿐만 아니라 인심 좋아 보이는 이 마을 사람들에게 부탁해 보기로 했다. 하지만 기대는 빗나가고 말았다.

그날 수니와 함께 산길 입구까지 걸어가면서 '어떻게 해야 하나?' 고민해 봤지만 뾰족한 수가 없었다. 갑자기 수니가 줄을 풀어 달라고 낑낑거렸다. 좀 뛰고 싶은가 보다 하고 풀어 줬더니 그 길로 숲속으로 달려가 오지를 않았다. '마리나! 마리나!' 아무리 불러도 오지 않았다. 날은 저물고 돌아가 내일 출국 짐을 꾸려야 했다.

"고라니를 쫓아간 거예요. 저와 함께 다니면서도 자주 그랬거든요."

"저는 마리나가 내 고민을 눈치채고 스스로 떠나 준 거라고 생각했어요. 말도 안 되죠."

'이렇게 편하게 생각하다니 너무 이기적이고 무책임했다.' 회사에 피치 못할 사정이 생겼다며 출국 날짜를 늦추었다. 어렵게 연락이 닿은 친구에게 다시 한번 간곡히 수니를 부탁했다. 친구의 사정도 어려웠지만 들어주겠다고 했다. 출국 전 날, 안골 마을로 수니를 찾으러 갔다. 마을 사람들은 별 관심이 없었다. 얼핏 봤다거나, 버려 놓고 뒤늦게 뭘 찾는 시늉이냐는 눈치였다. '제발, 살아만 있어 다오, 마리나.' 그리고 떨어지지 않는 발길을 돌려야 했다.

"지난주에 귀국했어요. 이렇게 마리나를 다시 만나리라고는 꿈에도 생각하지 못했어요. 무어라 감사드려야 할지……."

여인이 손수건으로 눈물을 찍어 냈다. 그동안 나와 지낸 수니의 파란만장한 사연을 들으면서 여인은 수없이 고맙다고 인사했다. 수니의 초기 건강 상태 부분에 대해서는, '부끄럽군요. 저는 그저 예뻐할 줄만 알았지, 관리하는 법을 몰랐어요. 워낙 착하고 탈 없이 지내던 아이라⋯⋯.' 네 마리의 새끼를 낳아 길러 내는 과정을 얘기할 때는 수니를 꼭 껴안고 어깨를 들먹였다. '이 조그만 녀석이 그렇게 장한 엄마가 됐다니⋯⋯.' 여인은 진심으로 고마워하고 감격하고 자책하는 것 같았다.

　하지만 지금부터가 문제였다. 그래서 어쩌란 말인가. 냉정해져야 할 순간이었다. 나는 원천봉쇄 작전으로 나갔다.
　"호적에만 올리지 않았다 뿐이지 수니는 제 둘째딸이 됐거든요."
　"아, 그러셨군요. 그런데⋯⋯."
　자기에게는 그보다 더한 존재라는 말을 하려는 듯했지만 나는 서둘러 대안을 제시했다.
　"보시다시피 저 펜스는 살짝 밀기만 해도 열리게 돼 있어요. 낮에는 늘 이 마당에서 놀고 있을 테니까 언제든지 보러 오세요."
　여인은 수니를 데려가겠다는 말을 입 밖에 내지 못했다. 한동안 말이 없던 여인이 입을 열었다.
　"그동안 마리나한테 들어간 비용이 얼마나 되는지요?"
　"수니가 저에게 선사한 기쁨에 비하면 하찮은 것입니다."
　"예에~"
　여인이 고개를 떨구었다. 연민의 정이 없지 않았으나 나도 수니를 지키기 위해서는 어쩔 수 없었다. 여인이 마음을 추스른 듯 얼굴을 펴고 가져온 쇼핑백을 열었다.

"마리나가 잘 먹는 거예요."

빨갛게 익은 탐스러운 딸기 한 봉지와 삶은 계란 세 알이었다. '역시 우리 엄마 최고.' 수니는 어서 달라고 종종걸음을 쳤다. 겉돌던 세나도 먹을 것을 보자 평상 위로 뛰어올랐다. 나는 딸기 두 알, 계란 반쪽씩만 주라고 여인에게 허락했다. 나머지는 됐다 주기로 했다.

나와 여인은 전화번호를 주고받았다. 여인은 카톡 대화창에 수니의 사진을 올려 달라고 부탁하고 밝은 얼굴로 돌아갔다.

마리나는 내 운명

그렇게 여인을 보내긴 했지만 마음이 편치 않았다. 너무 매정하게 선을 그어 버린 건 아닌가. 마음이 바뀌어서 소유권을 주장하고 나서면 어떻게 하나. 그동안 수니에게 지출한 비용이 얼마냐고 묻던 대목이 찜찜하니 마음에 걸렸다. 굳이 법적으로 따지고 든다면 마을 이웃들이 모두 증인이 돼 줄 것이다. 그렇게까지 죽기 살기로 대들 인상은 아니어 보였지만, 사람 속은 알 수 없으니 두고 볼 수밖에 없었다.

여인은 사나흘에 한 번씩 수니를 보러 왔다. 대개 오후에 와서 짧으면 한 시간, 길면 두 시간씩 수니와 놀았다. '엄마랑 있으니까 너무 행복해요.' 여인은 올 때마다 육포, 찐 고구마 말랭이, 수니가 먹기 좋게 자른 콜라비 등 간식을 가져왔다. 세나의 환심을 사려고 물면 삑삑 소리가 나는 장난감도 사 왔다. 한동안 낯을 가리던 세나도 어느새 스스럼없이 여인을 따랐다. '엄마 더 있다 가면 안 돼요?' 헤어질 때마다 아쉬워했지만 수니에게는 더없이 행복한 시간들이었다.

잠시 읍내에 나갔다 와 보면 어제 다녀갔던 여인이 마당에서 수니와 놀고 있을 때도 있었다. 나와 여인은 평상에 앉거나 마당을 거닐며 별 의미 없는 얘기를 나눴다. 울안의 화초들과 토마토, 오이, 고추, 올해 새로 심어 본 여주 같은 식물들에 관한 얘기는 오래 끌 만한 흥밋거리가 되지 못했다. 비 오는 날엔 테라스 다탁에 앉아서 커피를 마셨다. 수니와 세나는 나란히 테라스 바닥에 엎드려서 우리 얘기를 들으며 내리는 빗줄기를 바라봤다.

그동안 내가 수니와 지냈던 얘기, 수니가 우리 집에 오기 전 사연들은 머잖아 바닥이 나서 같은 내용이 반복됐다. 그러면 집을 나서서 뒷산으로 산책을 갔다. 여인은 수니의 줄을 잡고 나는 세나 줄을 잡았다. '우리 함께 오래오래 이렇게 살았으면 좋겠다.' 수니는 나를 올려다보고 또 여인을 올려다보며 더없이 행복해했다. 수니의 빨간 목줄이 걸려 있던 나뭇가지, 이정표가 서 있는 고갯마루, 도서관으로 내려가는 오솔길, 사연이 겹치는 이 지점들에서 각자 회한을 얘기하고 공감했다.

여인의 출입이 이웃들의 시선을 피할 수는 없었다. 똘이 엄마가 궁금해했을 때 나는 수니가 버려진 게 아니라는 사실을 적극 해명했다. 이웃들이 곧 내 해명을 공유했지만 의혹은 해소되지 않았다. '선생님은 속도 좋으세요. 나 같으면 집에 발도 못 들이게 할 텐데.' 이는 똘이 엄마만의 반응이 아니었다. '이제 와서 어쩌자는 거야. 뻔뻔스럽게.'

수니와 관련된 얘기 외에 신상에 관한 일은 서로 묻지도 먼저 하지도 않았다. 단지 내 눈에 여인은 외로워 보였고 그 외로움 뒤에 드리운 그늘이 수니에 대한 집착으로 해서 더 짙어 보였다. 사사로운 얘기는 방문일이 겹치는 주말 아내와 여인 사이에 오고갔다.

　두 여인은 똘방이와 수니에 대한 추억을 공감하며 가까워졌다. 여인은 세 살짜리 아들을 시가에 보내고 이혼했다. 이후 재혼했지만 오래지 않아 그 남편마저 사고로 세상을 떠났다. 겹치는 불운의 상처를 안고 평택을 떠날 때 수니를 만난 것이었다. 세상에는 이보다 더 불행한 사람들에 대한 사연이 많지만, 바로 내 곁에 이런 불운을 걸머진 여인이 있다는 사실에 마음이 아팠다.

　"마을 분들이 저 좋아하지 않지요?"

　"그럴 리가요. 저간의 사정은 제가 자세히 설명해서 잘 알고들 있어요. 괘념치 마세요."

　"속을 뒤집어 보일 수도 없고, 죄송합니다. 괜히 저 때문에 선생님까지 오해받으시겠어요. 제가 너무 자주 왔나 봐요."

　이웃들의 따가운 시선을 왜 느끼지 못하겠는가. 수니에 대한 오해가 풀리지 않은 것 말고도, 구경꾼일 수밖에 없는 타인들로서 남정네 혼자 사는 집에 강아지를 핑계로 시도 때도 없이 드나드는 수상한 여자라는 오해를 하려면 얼마든지 할 수 있는 상황이기도 했다.

　여인의 방문 횟수가 일주일에 한 번으로 줄었다. '오늘 엄마 오는 날인데, 아빠 톡 한번 해보세요.' 수니는 여인이 오는 주기를 정확히 기억하고 그날이 되면 안절부절못했다. 그런 날은 어김없이 '마리나 동영상 하나 보내 주시면 안 될까요.' 여인이 이런 톡을 보내왔다.

여인과 수니를 공유하며 지낸 지 석 달이 넘었다. 무더위가 한풀 꺾이고 이곳에서 맞는 두 번째 가을이 오고 있었다. 여인이 수니를 보러 오는 주기가 일주일에서 이주일로 벌어졌다. 하지만 실제는 일 주일에서 다시 사나흘로 줄어들었다고 해야 맞을 것이다. 직접 집에 들어와서 수니를 안고, 뛰놀고, 산책을 하는 경우 말고, 먼발치로 보고만 가는 일이 새로 생겼기 때문이다.

마당에 있던 수니가 갑자기 꼬리를 치며 사립짝문께로 뛰어나가면 거기 여인이 타고 온 빨간 승용차가 서 있었다. 여인은 차창을 내리고 '마리나 잘 있었어? 엄마 또 올게.' 하고는 이내 떠나 버렸다. 대개 밝았지만 어떤 날은 무표정이었고 어떤 날은 울고 있는 게 아닌가 싶었다. 그런 날은 내 마음도 우울해졌다.

나는 '저는 괜찮으니 그러지 마시고 보고 싶을 때 언제든지 집에 들어오세요. 시간이 지나면 이웃들도 이해하지 않겠어요?' 이렇게 톡을 보냈다. 하지만 여인은 '예, 고맙습니다.' 하면서도 그렇게 하지 않았다. 오히려 승용차에서 잠깐 보고 가는 횟수마저 줄었다. 나는 심란했고 수니 또한 갈피를 잡지 못하는 것 같았다.

수니를 사이에 두고 벌이는 불안한 2인 3각 경주는 마침내 균형을 잃고 말았다. 읍내에 나가 사료와 배변 패드를 사서 돌아오는 길에 똘이 엄마의 전화를 받았다.

"밭일 끝내고 집에 오다 보니까 그 여자 있잖아요, 맨날 수니 보러 오는 여자. 느낌이 좀 이상했어요. 선생님 댁 앞에 차를 세워 놓고, 못 보던 여자가 하나 더 있는데 마당에 들어가지 않고 밖에서 기웃거리기만 하네요. 선생님이 보이지 않기에, 아무튼 얼른 와 보셔야겠어요."

설마하면서도 느낌이 좋지 않았다. 나는 마트에 들를 계획을 버리고 곧장 집으로 향했다. 아리네 집 앞을 지나 의사 며느리 할머니 댁을 꺾어 돌 때 세나가 짖는 소리가 들렸다.

벌어진 상황이 곧 내 눈에 들어왔다. 주춤주춤 엑셀레이터와 브레이크를 번갈아 밟는 여인의 빨간 승용차가 있었고 출발을 막으려는 듯 필사적으로 차에 뛰어오르며 짖어 대는 세나가 있었다. 수니는 보이지 않았다. 나는 여인의 승용차 앞에 내 차를 세웠다.

내가 다가갔지만 엄두가 나지 않는 건지 버티겠다는 것인지 두 여인은 차에서 내리지 않았다. 운전석에 앉은 여인은 석 달 전에 버찌를 따다가 수니에게 말을 걸던 그 여인이었다. 마리나 엄마는 뒷자리에 앉아 수니를 안고 있었다. 내가 내리라고 손짓했다. 여인은 차창을 내렸을 뿐 움직이지 않았다.

"이건 아니지 않습니까. 저는 여사님을 믿었는데."

실망과 배신감으로 내 음성은 떨렸다. 여인은 고개를 떨군 채 대꾸하지 못했다. '엄마 용서해 주세요.' 여인의 품에 안긴 수니가 두 귀를 접고 혀를 날름거리며 나를 향해 연방 곁눈질을 했다. 운전석의 여인이 대신 말했다.

"며칠만 있다가 다시 데려오려던 것이었어요. 제가 부추기는 바람에. 죄송합니다."

"상의를 했어야지요. 제가 그렇게 빡빡하게 굴었나요?"

거칠어진 말투에 스스로 감정이 고조되면서 생각지도 않은 말들이 터져 나왔다.

"이웃들이 뭐라고 하는지 아세요? 갖다 버릴 땐 언제고 이제 와서 뭐하자는 거냐고. 뻔뻔하다고 그럽니다. 어떤 소문까지 도는 줄 아십니까. 그래도 나는 여사님을 두둔했어요. 그런데 이게 뭡니까. 게임의 룰을 어긴 거잖아요."

말이 끝나기 전에 후회하고 있었지만 이미 쏟아진 물이었다. 속이 시원한 게 아니라 체한 것 같았다. 폭력의 가해자가 된 느낌이랄까. '에이, 뭐야? 이게.' 자괴감이 밀려왔다. 아무도 더 말하지 않았고 서글프면서도 긴장된 대치가 잠시 이어졌다. 이윽고 여인이 문을 열고 수니를 밖에 내려놓았다. 운전석의 여인이 말했다.

"저, 믿으실지 모르겠지만 얘한테 마리나는……."

"아니야. 하지 마!"

여인이 단호하게 친구의 말을 잘랐다. 그리고 비로소 나를 올려다보며 이렇게 말했다.

"부끄럽고 죄송합니다."

여인이 차창을 올렸다. 부릉, 시동 거는 소리가 들렸다. 나도 차로 돌아가 시동을 걸었다.

세나가 여인의 승용차를 쫓아가며 다시 맹렬하게 짖었다. 수니는 사립짝문 앞에 두 앞발을 나란히 모으고 앉아서 의사 며느리 할머니 댁을 돌아나가는 빨간 승용차를 물끄러미 바라보고 있었다.

편치 않은 며칠이 흘렀다. 여인의 카톡 창은 열려 있었지만 수니의 안부를 묻거나 사진을 올려 달라는 메시지는 오지 않았다. 여인이 다시 올 것 같지는 않았다. 어떻게든 마무리를 지어야겠다는 생각은 들었지만 먼저 말문을 트기에는 용기가 나지 않았다.

주말에 내려온 아내에게 나는 이번 사건을 말하지 않았다. 그런데 아내가 먼저 이런 말을 했다.

"수니에 대한 집착이 생각보다 심하네. 뭔가 결정을 해야 될 것 같아."

"왜, 당신한테 연락 왔어?"

아내가 내게 말하지 않은 얘기를 털어놓았다. 며칠 전의 사건이 있기 전의 일이었다. 여인이 내게는 말하지 말라고 하면서, 얼마 후면 이 고장을 떠나야 하는데 그동안 들어간 비용은 충분히 보상할 테니 수니를 돌려주면 안 되겠느냐고 하더라는 것이었다.

"그래서 뭐라고 했어?"

"어떻게 해, 생각해 본다고 했지."

"딱 잘랐어야지. 생각해 보기는 뭘 생각해 봐!"

새삼 똘이 엄마 말대로 애초에 집 안에 발도 들여놓지 못하게 해야 했다는 생각이 들었다. 아내가 자기 휴대폰을 꺼냈다. 그리고 여인과 둘이 주고받는 카톡 창을 열어 여인의 프로필 사진 한 장을 띄웠다.

"이것 좀 봐."

여인이 수니를 안고 환하게 웃는 모습.

"사진 참 잘 나왔네. 정말 수니가 이렇게 예뻤구나."

"그게 아니라, 그 아래 달린 문구."

나는 가슴이 쿵 내려앉는 느낌이었다. '마리나는 내 운명' 이렇게 씌어 있었다. 사흘 만에 다시 온 날, '수니는 내 딸'이라며 원천봉쇄하는 바람에 차마 입 밖에 내지 못한 말이 이것이었구나. 며칠 전에 함께 왔던 여인이 하려던 말도 이게 아니었을까.

가슴이 답답해 왔다. '딸'과 '운명'의 차이는 무엇일까. 어느 것이 더 강한가. 수니와의 인연도 여기까지인가. 수니와 지낸 즐겁고 힘들었던 날들이 꿈결처럼 스쳐 갔다.

"여보, 나는 똥방이도 보냈어. 그 아줌마 너무 안됐지 않아? 세 살 된 아들과 생이별까지 했다는데."

"……."

"그래도 우리는 세나가 있잖아."

"일 년을 넘게 붙어살았어. 세나가 엄마를 놔 줄까? 수니가 세나를 포기할까?"

"시간 지나면 다 잊어. 수니 그 아줌마 품에 안겨서 행복해하는 거 봤지? 그걸 외면하면 안 돼."

내가 수니에게 준 선물

  수니를 돌려보내기로 결심하기는 쉽지 않았다. 여러 시간 고민에
고민을 거듭했다. 수니가 오던 날 밤의 그 신비로운 충격, 온몸을 던
져 보내지 말아 달라고 내게 호소하던 그 눈물겨운 순간, 내 딸로 삼
아 숱한 우여곡절을 겪으며 한 가족이 되어 가는 동안 녀석이 내게
선사한 기쁨을 무엇으로 다 헤아릴 수 있을 것인가. 똘이와 사랑해
네 남매를 낳고 장하게 키워 내던 과정, 그리고 하나하나 입양시킬
때마다 함께 겪은 아픔까지 그 수많은 사연들을 어찌할까.

  어여쁘고 사랑스럽고 그러면서도 가여운 녀석. 밝은 귀와 예민
한 코만큼이나 섬세한 감성을 지닌 녀석의 알 수 없었던 습관과 행
동들, 그 수수께끼가 풀리면서 이별이 시작되다니. 세상에 변하지
않는 것은 없는가. '아빠랑 오래오래 같이 살자.' 녀석과 나누었던
숱한 다짐들은 다 헛된 꿈이었는가. 그렇다, 세상에 영원한 것은
없나 보다.

  수니가 그토록 헌신적으로 돌보던 새끼들, 그중 한 마리 같았을 어
린 시절에 겪은 학대의 고통은 어떠했을까. 게다가 버림받을 위기에
까지 놓이고 그 벼랑 끝에서 뻗어 온 구원의 손길이 바로 그 여인,

'마리나'의 엄마였다. '마리나', '새로운 안식과 희망의 품'이었던 그
여인이야말로 수니의 진짜 주인이 아닐까.

 '마리나는 내 고민을 눈치채고 스스로 떠나 준 거라고 생각했어
요.' 떨어지지 않는 발길을 돌리면서 실낱같으나마 품고 싶었을 이
'말도 안 되는' 믿음이 있었기에 여인은 '부디 살아만 있어 다오.' 하
는 희망의 주문을 외며 떠날 수 있었던 게 아닐까. 그 희망이 결국
수니를 다시 만나게 해 준 것이다. 내가 산길에서 구렁텅이에 빠졌을
때도 수니는 그 실낱같은 믿음을 내게 주었고, 그 희망이 벤츠 아저
씨를 데려오는 기적을 일으키지 않았는가.

 발이 만신창이가 되도록 수니가 헤맨 곳은 어디였을까. 여인과 마
지막으로 헤어진 나뭇가지 아래, 같이 산책을 다니던 오솔길, 도서
관 옆 계단, 이 집, 어쩌면 함께 살던 그 건업리까지 갔을지도. 그리
고 끝내 '우리도 언젠가 이런 집에서 살자.' 여인과 함께 꿈꾸었던
이 마을, 이 집으로 돌아와 여인을 기다린 것이다.

 말로 하지 못한 진실의 힘. 수니의 상처 난 발에, 보내지 말아 달라
던 그 애절한 몸짓에, 고갯마루 이정표 아래서의 서성임에, 함께 평
상에 앉아 별을 헤며 꿈을 얘기할 때 내 손등을 콕콕 두드리던 그
촉촉한 코끝에 수니의 진실이 들어 있었다. 그 진실이야말로 나로 하
여금 '버린 거야.'라는 이웃들의 이 편견을 믿지 못하게 하고, 여인이
다시 올 때까지 수니를 지키는 힘이 되었던 것이다.

 그렇다면 수니만 내게 기쁨을 준 게 아니라, 사람의 생활 방식에

맞추느라고 저지른 여러 미안한 짓에도 불구하고 나 또한 수니에게 준 것이 없지 않구나. 그토록 기다리던 엄마를 만나게 해 준 다리가 되었으니. 그래, 이제 그 다리 건너로 수니를 보내자. 이 결론에 도달하기까지 나는 자꾸 눈물이 났다. 나는 여인에게 지난번 일을 사과하는 메시지부터 보냈다.

엄마가 돌아왔어요!

수니는 떠났다. 여인의 가슴에 안겨 거짓말처럼 평온한 모습이었다. 두리를 떼어 보낼 때처럼 저항 같은 것은 없었다. '엄마, 어디가?' 세나가 얼떨떨한 표정으로 바라볼 때도, '응. 저기 갔다가 금방올 거야.' 태연하게 세나를 바라봤다.

하지만 그게 다가 아니었다. 여인의 빨간 자동차가 부릉 하고 떠나는 순간 세나는 사립짝문 펜스에 매달려 맹렬하게 짖기 시작했다. '안 돼, 엄마. 나랑 같이 가!' 세나가 발작하듯 수니가 떠난 방향을 향해 치뛰고 가로 뛰었다.

펜스에 가로막혀 나갈 수 없자 쥐똥나무 울타리 곳곳을 돌아다니며 구멍을 찾았다. 고라니 방지용 그물망을 쳐 놓지 않았다면 기필코 빠져나가 자동차가 간 방향으로 뛰어갔을 것이다. 울안에서나 집 안에서나 뒷산 산책길에서나, 그리고 병원에 갈 때, 도자공원 나들이 때나 지금껏 한 번도 수니와 떨어져 본 적이 없는 세나였다.

"진정해, 세나야. 엄마, 다시 올 거야."

나는 버둥거리는 세나를 안고 장담할 수 없는 말로 진정시키려 애썼다. 좋아하는 간식을 줘 봤지만 간식 따위로 녀석의 흥분을 가라앉

힐 상황이 아니었다. 그렇게 한참을 날뛰던 세나는 제풀에 꺾여 조용해졌다.

　수니가 없는 집 안은 지난해 봄 처음 이사 와서 지내던 때처럼 쓸쓸했다. 안방 책상 앞에 앉아 인터넷 검색을 하고 있을 때 두 모녀가 내 발밑에 엎드려서 다정하게 그루밍을 나누던 모습은 더 이상 볼 수 없었다. '이제 그만. 그러다 다치겠다.' 거실에서 모녀가 투덕거리는 소리도 들을 수 없었다.

　세나는 집 안에 있는지 없는지도 알 수 없을 만치 조용히 거실 한쪽 제 방석에 엎드려만 있었다. 두리가 떠나고 나서 수니가 그랬듯 밖에서 무슨 소리만 나면 부리나케 창으로 뛰어가 밖을 살필 뿐이었다.

　세나는 수니가 떠난 날 저녁부터 밥을 먹지 않았다. 물도 마시지 않았다. 얼마간 시간이 지나면 괜찮아지겠지. 하지만 그 시간이 너무 길었다. 이틀을 굶었는데도 먹을 기미가 보이지 않았다. 실어증에 걸린 것처럼, 밖에 고양이가 지나가거나 낯선 사람이 지나갈 때 '내가 먼저 짖을 거야!' 두 모녀가 경주하듯 창가로 달려가 짖던 행위도 멈추었다. 그저 제 방석에 힘없이 앉아 가끔씩 창밖만 바라봤다. '세나야.' 속삭이듯 부르기만 해도 귀를 쫑긋 세우고 바람처럼 달려오던 녀석이 몇 번을 불러도 움직이지 않았다.

　'배고프면 먹게 돼 있다.'는 공식은 통하지 않았다. 먹은 게 없으니 화장실 배변 패드는 뽀송뽀송 며칠째 그대로였다. 사료뿐만 아니라 어떤 간식도 거부했다. '너마저 왜 이러니? 세나야.' 말이 통하지 않으니 답답하고 불안했다.

밖에서도, '다 막혀 있는데요, 뭐.' 힘없이 울타리 주변을 배회하다가 테라스로 올라와 엎드려 움직일 줄을 몰랐다. 그 좋아하던 산책을 거부할 때는 억장이 무너졌다. 언제까지 이러려나. 어떤 알 수 없는 힘이 세나의 활기를 틀어쥐고 놓아주지 않는 것 같았다.

그러기를 닷새째로 접어들면서 세나의 기력이 급격히 떨어졌다. 꼼짝 않고 엎드려 있는 녀석을 안아 일으켰더니 제대로 서지 못했다. 이러다가 세나마저 잃는 게 아닐까 하는 두려움이 밀려왔다. 누가 이기나 해보자 할 상황이 아니었다.

여인에게 전화해서 수니 한번 데려오라고 할까, 아니면 세나를 데리고 내가 갈까. '아니야, 견뎌야 해.' 온전히 되돌리는 게 아닌 이상 그 방법은 아닌 것 같았다. 사라에게 노래를 가르친 의사 며느리 할머니 손녀 '미나짱'이 그러지 않았는가. 너무 빨리 만나면 다시 헤어지기 어렵다고. 그날 저녁 병원에 전화를 걸었다.

"흔한 케이스는 아닙니다만 특별히 유대 관계가 깊은 개들 사이에서 종종 나타나는 사례입니다. 입원시켜야 될 것 같네요. 식사 거부에 대한 관성이 붙은 겁니다. 일종의 거식증이라고 할까요. 그대로 두면 죽습니다. 사람의 자살처럼 의지에 의해서가 아니라 본능적으로 죽음을 택하는 거지요. 내일 데려오세요."

내가 이 연약하기 짝이 없는 생명에게 무슨 짓을 한 것인가. 섬뜩

한 일이 아닐 수 없었다. 내일 병원 문을 열기 전까지 버틸 수 있을까. 당장 큰 병원 응급실에 달려가야 할 것 같았다. 나는 세나를 안아다 발밑에 눕혀 놓고 인터넷에서 응급실이 있는 애견 병원을 검색하기 시작했다.

그때 휴대폰 수신음이 울렸다. 마리나 엄마였다.
"혹시 마리나 거기 갔나요?"
이건 또 무슨 일인가.
"수니가 여기 오다니요. 무슨 일 있어요?"
"이 일을 어쩌면 좋지요. 마리나가……."

수니가 여인의 집 근처에서 달아난 것은 오후 2시쯤이라고 했다. 집 부근 공터를 산책하다가 줄을 풀어 달라고 보채기에 풀어 줬다. 그런데 공터를 한 바퀴 도는가 싶더니 갑자기 방향을 바꿔 큰길 쪽으로 뛰기 시작했다. 느낌이 좋지 않았다. '마리나!' 불렀지만 서지를 않았다. 쫓아가면서 두어 번 더 부르자 멈추었다. 그리고 잠시 귀를 쫑긋 세우고 돌아다봤다. '안녕, 엄마.' 마치 그렇게 말하는 것 같았다. 허무하고 야속한 마음으로 이리 오라고 손짓했지만 그대로 돌아서서 뛰어가 버렸다.

"여기 온 첫날을 빼고는 마리나는 내내 창밖만 바라봤어요."

여인은 수니가 세나에게 갔을 거라고 확신했다. 하지만 만에 하나 가지 않았다면, 이 일을 어찌 감당할까. 상상도 하고 싶지 않았지만 차들이 내달리는 갈림길을 몇 개나 건너야 하는데⋯⋯. 그래서 몇 번이나 휴대폰을 꺼내고도 내게 바로 전화하지 못했다고 했다.

어떻게 해야 하나. 나는 갈피를 잡을 수 없었다. 그렇다고 그대로 있을 수는 없었다. 지구대에 전화해 강아지와 관련된 교통사고 신고 여부를 물었다. 경찰은 그런 사소한 신고 접수는 예가 없다면서 시큰둥하게 반응했다.

"길 주위를 살피면서 제가 그리 가겠습니다."

여인의 음성이 흐느낌으로 떨리고 있었다. 침착하라고, 서둘지 말라고 말하고 싶었지만 소용없을 것 같았다. 운전하면서 가끔 목격했던 로드킬당한 강아지들의 모습이 떠올랐다. '영리한 녀석이니까 그럴 리는 없어.' 하면서도 불안을 떨칠 수 없었다. 나도 일단 나가 보자, 떨리는 손으로 주섬주섬 외출복을 입었다.

그때였다. 빈사 상태로 누워 있던 세나가 갑자기 벌떡 일어나더니 거실로 뛰어나갔다. 거짓말 같은 상황에 놀라 급히 녀석을 따라갔다. 녀석은 창틀에 두 발을 걸치고 어두워진 밖을 향해 힘겹게 짖기 시작했다. '멍멍, 오오우~ 멍!' 무엇이 다 죽어 가는 녀석을 일으켜 세운 것일까. 나는 창에 얼굴을 대고 밖을 살폈다.

사립짝문 펜스 바깥쪽 아래 부분에 무언가 매달려 있는 게 희미하게 보였다. 흰 타월 같기도 하고 비닐 뭉치 같기도 한, 그런데 그것이 움직이고 있었다. 꿈틀댄다고 하는 편이 더 맞을까.

수니가 틀림없어. 나는 랜턴을 켜 들고 급히 현관문을 나섰다. '엄마가 돌아왔어요!' 세나가 '끼이잉~' 신음 소리를 내며 부리나케 나를 앞질러 달려갔다.

수니는 펜스 아랫단 가름대에 앞발 하나를 걸친 채 축 늘어져 있었다. 그 곱던 털빛은 흙먼지와 오물로 범벅이 됐고 발은 처음 내게 오던 날보다 더 처참하게 상해 있었다. 더욱이 가시철망에라도 걸려 빠져나오려고 몸부림을 쳤는지 양 옆구리 곳곳과 뒷다리 한 짝 허벅지가 깊게 찢어져 피범벅이 돼 있었다.

"수니야!"

허옇게 거품 문 입 밖으로 길게 빠진 혀를 추스르지도 못한 채 누가 그렇게 던져 놓은 것처럼 수니는 미동도 하지 않았다. 세나가 다가가 초점 잃은 수니의 눈 주위를 핥으며 낑낑거렸다. 창밖으로 봤을 때는 분명 움직이는 것 같았는데. 녀석을 품에 안았지만 팔딱거려야 할 심장의 고동이 느껴지지 않았다. 입가에 귀를 댔으나 숨소리조차 들리지 않았다. 내 심장이 쿵쾅대고 숨이 가빠 왔다.

"수니야, 정신 차려!"

나는 녀석을 거실 바닥에 내려놓고 심장 마사지를 시작했다. 양 손바닥으로 녀석의 갈비뼈 부분을 두세 차례 연이어 누른 뒤 잠시 간격을 두었다가 다시 누르기를 반복했다. 그 사이사이 늘어진 혀를 입안으로 들이민 다음 주둥이를 감싸 쥐고 코에 숨을 불어넣었다.

"수니야, 일어나. 이대로 가면 안 돼."

이렇게 되뇌며 나는 수니가 깨어나게 해 달라고 생명의 신께 빌고 또 빌었다. 얼마 동안이나 그렇게 녀석의 갈비뼈를 누르고 숨을 불어넣고 온몸을 주물러 댔을까. 내 이마에서 떨어진 땀방울이 수니의 배위에 얼룩졌다. 언제까지 계속해야 할지 가늠이 되지 않았고 나는 멈출 수 없었다.

수니는 깨어나지 않았다. 초조하고 안타깝고 난감했다. 이대로 무지개다리를 건너가는 것일까. 겨드랑이에서 느껴지던 가녀린 온기마저 식어 가고 있었다. 한없는 무력감 사이로 절망이 밀려왔다.

잠시 쉬게 하자. 나는 녀석을 담요 위에 눕혔다. 닦아 주기라도 해야겠구나. 수건을 가지러 욕실로 가려고 일어났다. 그때 곁에서 지켜보던 세나가 모로 누운 수니 곁으로 달려들었다. '내가 해볼 거야!' 세나는 말라붙은 거품 찌꺼기를 닦아 내듯 수니의 입가부터 핥기 시작했다. 이어 감지 못한 눈을 핥았고 귀 주위를 핥았다. 나도 모르게 울컥 감정이 북받쳤다.

세나의 핥기는 계속됐고 점점 강해졌다. 녀석의 빨갛고 긴 혓바닥이 수니의 귓속을 후벼 팠다. 세나가 의기소침할 때 수니가 하던 행동이었다. 그렇게 귓속을 후벼 파면 세나는 고개를 모로 꼬며 뒤집어졌다가 '으르렁' 하면서 뛰어 일어나 엄마에게 대들곤 했다. 혹시 하고 기대했지만 수니는 움직이지 않았다.

　세나는 거기서 멈추지 않았다. 녀석은 수니의 턱 아래쪽에 주둥이를 밀어 넣더니 '앙!' 하는 외침과 함께 목을 사정없이 물었다. 뭔가 위험하고 광적이었지만 더 이상 진지할 수가 없는 행동이라 제지할 엄두가 나지 않았다. 세나는 두 뒷다리로 앙 버티며 억세게 문 수니의 목을 계속해서 흔들어 댔다. 간간이 '으르르렁, 웩!' 하고 내지르는 소리가 '일어나, 엄마! 어서 일어나란 말이야!'라고 부르짖는 것 같았다.

　얼마를 더 그랬을까. '크큭' 하는 재채기 소리와 함께 멍하니 뜨고 있던 수니의 눈동자가 스르르 움직였다. 그리고 이내 네 다리를 쭉 뻗으며 기지개를 켜는가 싶더니 축 늘어졌던 꼬리를 들어 바닥을 두어 번 툭툭 쳤다. 세나가 '끼이잉!' 하면서 깨어난 수니 주위를 종종걸음으로 맴돌았다. 꿈만 같은 광경 앞에 나는 숨이 멎을 것 같았다.

　"흐흑, 감사합니다."

　돌아보니 언제부터였는지 여인이 거기 서서 두 손으로 얼굴을 감싸고 있었다. 아까 수니를 안아 들이면서 문 닫을 경황조차 없었던 것이다. 수니는 일어나려고 몇 번 버르적거렸으나 아직은 무리였다.

　여인이 수니의 상처를 살피고 몸을 닦아 주는 사이 나는 물과 미음을 준비했다.

모로 누워 가끔씩 긴 숨을 내쉬는 수니 품으로 세나가 파고들었다. 수니는 뉘었던 머리를 들어 다가온 세나의 입이며 눈가를 핥았다. 세나가 이내 '엄마~ 엄마~!' 하면서 재롱이라도 부리듯 발랑 뒤집어져 버둥거렸다. 수니가 몸을 뒤채 앞발을 딛고 일어났다. 세나도 따라 일어났다. '엄마 꼭 돌아올 줄 알았어요.', '나는 네가 집에서 달아나 길을 잃을까 봐 걱정했지.' 그렇게 모녀는 한동안 서로의 입 언저리, 코, 귀, 눈, 목덜미를 번갈아 핥았다.

모녀가 나란히 서서 물을 마시고 미음을 핥아 먹는 모습이 어쩐지 비현실적으로 보였지만 비로소 마음이 놓였다. 여인이 사는 마을에서 여기까지 찻길로 10킬로미터가 조금 넘는 거리니까 수니의 날랜 걸음으로 그 길을 따라 왔다면 한 시간 남짓이면 족했을 것이다. 하지만 영리한 수니는 수많은 차들이 쌩쌩 달리는 찻길을 따라오지 않고 들로 산으로 돌아서 오느라 다섯 시간이 넘게 걸린 것 같았다.

수니가 죽음의 문턱을 넘나들면서까지 끝내 이리로 돌아오게 한 힘은 무엇일까. 수니는 여인의 품에 안겨 다시 편안하게 이리 돌아올 줄 알았던 것일까. 그래서 세나를 두고 떠나면서도 그렇게 태연했던 것일까. 지난해 봄 지금 가면 다시는 여인을 만날 수 없게 될지 모른다는 절박한 몸짓으로 내게 보내지 말아 달라고 호소했던 그 집, 이곳 안골 마을의 보금자리에 그 누구보다 소중한 딸 세나가 있기 때문이었을까.

개들 세계에서 부모 자식의 의미는 없다고들 하지만 인간이 만든

윤리 목록과 일치하지 않는다고 해서 꼭 그렇다고 단정할 수는 없을 것이다. 요람을 벗어나고 젖을 뗄 때부터 모녀간의 정은 희미해졌겠지만 오히려 그때부터 숱한 사연으로 얽힌 세월을 함께하면서 그들의 관계는 시멘트가 굳어 가듯 단단해진 게 틀림없었다. 사람들의 말로 일러 수니와 세나의 뗄 수 없도록 단단해진 관계를 모녀의 정이라 하지 않는다면 뭐라고 한단 말인가.

아무 일도 없었다는 듯이 수니 세나 모녀는 담요 위에 나란히 엎드려 깊은 잠에 빠져들었다. 나와 여인은 그 평화로운 모습을 한동안 말없이 지켜보았다.

모녀의 재회와 안식을 기원하는 축가인가, 귀뚜라미와 쓰르라미들의 합창 소리가 창밖에서 은은히 들려왔다.

"가을이 깊었네요."

여인이 자리에서 일어났다. 나도 따라 일어났다. 현관문을 열자 달빛에 휩쓸린 풀벌레 소리가 '솨아~' 하고 밀려들었다. 그 달빛 속을 흔들리듯 걸어서 여인이 사립짝문을 나섰다.

"운전 조심하세요. 그리고 언제든지 들르세요."

"안녕히 계세요."

며칠 뒤 여인의 빨간 승용차가 오는 대신 긴 카톡 메시지가 날아왔다.

"선생님, 이제 '마리나'는 추억으로만 간직하기로 했습니다.

마리나는 '수니'이기를 택한 게 틀림없어요. 그걸 되돌릴 힘이 제게는 없습니다. 이 세상 누구보다 사랑하는 딸 세나와 또 이 세상 누구보다 저를 아껴 주시는 아빠에게 돌아간 거예요. 이 엄연한 진실을 저는 부정할 수가 없답니다. 마리나가 스스로 찾아낸 행복, 축복을 해야지요.

며칠 후면 이곳을 떠난답니다. 제 운명과 같았던 마리나를 거두어 주시고 어엿한 엄마가 되도록 정성을 다해 돌봐 주신 선생님께 감사하고 또 감사할 뿐입니다.

시간이 흐른 뒤, 허락하신다면 수니와 세나를 보러 가겠습니다. 내내 행복하세요."

이 메시지를 읽는 내내 마리나 엄마의 흐느낌 소리가 들리는 것 같았다.♣

에필로그

　오늘 회사 본부장이 다녀갔습니다. 꾀병 너무 오래하면 진짜 잘린 다면서 하루바삐 팀에 복귀하기를 청했습니다. 새해에 추진할 새 프로젝트가 나를 기다리고 있답니다. 요즘같이 취업하기 어려운 시기에 얼마나 고마운 일인지 모르겠습니다.

　나는 담당 의사마저 믿기 어렵다고 할 정도로 전성기의 건강을 되찾았습니다. 딸애도 원하는 학과에 좋은 성적으로 합격했습니다. 한 지붕 아래 다시 합칠 계획을 세우며 우리 가족은 새날에 대한 기대로 설레고 있습니다.

　나는 이 모든 행운이 수니가 준 선물이라고 믿습니다. 무너진 건강뿐만 아니라 더불어 초라해진 마음을 추스르는 데 수니는 놀라운 치유력을 발휘했습니다. 겉보기엔 그저 조그만 강아지일 뿐이지만 수니가 지닌 저력은 어떤 의술이나 약으로도 따를 수 없을 만치 뛰어나서 신비롭기까지 합니다.

　봄날 해 뜰 무렵의 숲길 같은 생기발랄함, 그 무조건적인 친화력, 해와 달의 운행처럼 변함없는 순종과 관용 그리고 아무도 따를 수 없는 헌신과 희생. 수니가 지닌 이런 미덕은 나를 소년처럼 꿈꾸게 만들고 성자처럼 슬기롭게 영웅처럼 용기 있게 만들어서 세상 모든 것을 사랑할 힘이 솟도록 해 주었습니다.

　나는 생각해 봅니다. 수니가 지닌 이 힘은 오직 수니 것만은 아닐 것입니다. 수니가 만났고 내가 알고 있는 다른 강아지나 이웃 사람들, 강아지를 반려로 삼은 이들을 포함해 이 세상 모든 생명의 영혼 속에 새겨진 크나큰 밑그림인 것만 같습니다. 수니는 이런 믿음을 내게 심어 주었습니다.

　수니를 만나게 해 준 이 아름다운 안골 마을을 떠나는 날, 이웃들을 다시 초대해서 오던 날보다 풍성한 감사 파티를 열어야겠습니다.